Elfi Sinn

Der Sonntags-Krimiclub

Cosy-Crime-Geschichten

Bibliografische Information der Deutschen Nationalbibliothek:
Die Deutsche Nationalbibliothek verzeichnet diese Publikation in
der Deutschen Nationalbibliografie; detaillierte bibliografische
Daten sind im Internet unter http://dnb.dnb.de abrufbar.

© 2022 Elfi Sinn
Herstellung und Verlag:
BoD – Books on Demand Norderstedt
Korrekturen: Claudia Buchholz
Titelbild: Gabriele Barby

ISBN:9 783 756 855 094

Inhaltsverzeichnis

Wer ist wer?

Jutta Keller, 66, hat früher in einem Reise-Konzern gearbeitet, liest leidenschaftlich gerne Krimis, gründet eine Senioren-WG und den Sonntags-Krimiclub.

Anja Ritter, 65, hat früher im Kulturamt gearbeitet, liest leidenschaftlich gerne Krimis und möchte auch welche schreiben, Mitglied der WG und des Krimiclubs.

Andreas Köhler, 66, ehemaliger Polizist, liest leidenschaftlich gerne Krimis, ist auf einen Rollstuhl angewiesen, Mitglied der WG und des Krimiclubs.

Fabian Köster, 67, ehemaliger Polizist, arbeitet als Privatdetektiv und schreibt Krimis, gehört zum Krimiclub.

Lea Sommer, 68, Küchenchefin im Event-Hotel *Memories*, liest leidenschaftlich gerne Krimis und gehört zum Krimiclub.

Emilia Richter, 70, ehemalige Psychologie-Dozentin, liest gerne Krimis und schreibt auch welche, gehört zu den Krimifrauen vom alten Bahnhof.

Oliver Maurer, 66, ehemaliger Polizist, gehört zum Krimiclub.

Dennis Braun, 35, Architekt und Bauleiter im Sommer-Karree und für das Haus von Jutta Keller.

Die Kids Rina Sommer, 9, Charlie Braun, 10 und der Hund Snoopie, die wichtige Mitglieder des Sonntags-Krimiclubs sind.

Anette Brauer, 66, langjährige Freundin von Jutta, hat sich gegen die WG entschieden und bereut das später.

Sandra Fischer, 55, Inhaberin des Restaurants „Mutter Schulze"
Lilly Herzog, 82, Vermieterin einer Einliegerwohnung
Susanne Brenner, 45, Inhaberin des Hotels „Minerva"

Außerdem sind folgende bekannte Detektivinnen mit Anregungen oder Zitaten vertreten:
Miss Jane Marple von Agatha Christie und
Miss Flavia de Luce von Alan Bradley.

Diebstahl auf der Baustelle

„Was habe ich mir nur dabei gedacht?"

Jutta Keller betrachtete das mittelgroße, gepflegte Fachwerkhaus neben dem imposanten Lindenbaum mit gemischten Gefühlen.

Das war jetzt ihr Haus!

Damals im Dezember hatte ihre Freundin Anette sie zuerst auf das gut erhaltene Fachwerk aufmerksam gemacht, von dem sie absolut begeistert war. Der auffällige Kontrast von weißen Wänden und schwarzen Balken machte aus diesem Haus schon etwas Besonderes, es sah fast so aus, wie aus dem alten England importiert.

Auch der spitz zulaufende Giebel und die Verzierungen ließen es wie ein Haus aus früheren Zeiten erscheinen und die große dunkle Tür erinnerte sehr an die Bakerstreet 221B in London, als hätte Sherlock Holmes sie gerade geschlossen. Anette hatte sich sofort in das Haus verliebt, aber Jutta war praktischer veranlagt.

Für sie war die Anzahl der Räume wichtiger oder auch der großzügige Garten an der kaum befahrenen Straße. Und vor allem sollte es im Erdgeschoss einen richtig großen Raum für viele Gäste geben.

Nachdem sie alles geprüft und für ausreichend befunden hatte, stimmte auch sie für dieses Haus.

Außerdem war die Fassade gerade frisch renoviert, eine Aufgabe weniger, an die sie denken mussten. Auch wenn sie es aus unterschiedlichen Aspekten beurteilten, fanden sie damals beide, dass dieses Haus genau passend für ihr großes Vorhaben sei und hatten es prompt gekauft.

Selbst die Geschichte von einer weißen Frau, die ab und zu herumspuken sollte und von der Maklerin sicherheitshalber erwähnt wurde, konnte sie nicht mehr abhalten.

Doch jetzt, einige Wochen später, schüttelte Jutta immer noch zweifelnd den Kopf und kuschelte sich tiefer in ihren blaugrünen Wintermantel, dessen Kragen sie bereits hochgeschlagen hatte.

Obwohl es schon März war und alles nach Frühling aussah, war ihr ziemlich kalt, vor allem wenn sie daran dachte, welcher Riesenberg an Aufgaben noch zu erledigen war.

Sie strich sich die dunkelbraunen Locken, die an den Schläfen bereits silbern wurden, aus dem Gesicht, aber der Wind wehte die Strähnen sofort wieder zurück. Genauso fühlte sie sich auch, wenn sie an ihr Vorhaben dachte.

Alles hatte so gut begonnen und jetzt gab es nur noch Gegenwind. Das Haus hatte sich seitdem nicht verändert, es sah immer noch einladend aus, auch der Garten im ersten zaghaften Grün trug zum guten Eindruck bei. Aber alles andere lief so verkehrt, dass Jutta genau wusste, ihre Kälte kam nicht vom Wetter, sie kam aus ihrem Inneren.

Das Gefühl einsam zu sein hatte sie früher so nicht gekannt oder vielleicht auch nicht wahrgenommen. Als leitende Mitarbeiterin eines großen Reisekonzerns war sie ständig unterwegs, hatte in vielen Städten gelebt und war ständig damit beschäftigt, große Hotels zur Eröffnung vorzubereiten oder riesige Events zu organisieren. Beziehungen zerbrachen schon nach wenigen Wochen daran, dass sie keine Zeit hatte oder irgendwo etwas Aufregendes nicht ohne sie fertig gestellt werden konnte.

Anette als Reisebegleiterin ging es ähnlich, auch sie war ständig unterwegs und beschäftigt. Daher hatten sie beide, bevor sie gemeinsam das Haus kauften, auch gar nicht den Wunsch sesshaft zu werden.

Erst mit Erreichen des Rentenalters und der überraschend vielen Freizeit stellten die Freundinnen fest, dass sie nach ihrem aktiven Leben relativ allein blieben, dass alles, bei dem sie früher unverzichtbar waren, jetzt auch ohne sie funktionierte.

Familie hatten sie auch nicht mehr, weil beide nach einer kurzen frustrierenden Ehe keinen neuen Versuch gewagt hatten. Aber gerade jetzt hätten sie beide gerne mehr Kontakte gehabt, sich Freunde oder wenigstens Bekannte für interessante Gespräche oder gemeinsame Vorhaben gewünscht, aber da war niemand.

Schon wegen der knappen Freizeit hatte auch keine von ihnen ein Hobby, das sie stundenlang beschäftigen könnte.

Mit einer Ausnahme: Beide lasen leidenschaftlich gern Kriminalromane. Anfangs durften diese sogar ziemlich hart und blutig sein, aber mit zunehmendem Alter bevorzugten sie eher *Cosy Crimes* oder Kuschel-Krimis. Jutta hatte eine ausgesprochene Vorliebe für die Feinsinnigkeit, die sprachliche Brillanz und die zurückhaltende Komik mit der Agatha Christie ihre Miss Marple ausgestattet hatte. Sie mochte aber auch die etwas mondäne Agatha Raisin von M. C. Beaton und auch die quirlige Molly Morphy von Rhys Bowen. Für Anette, die Katzenliebhaberin, ging nichts über Rita Mae Brown und ihre kluge Katze Mrs. Murphy oder Koko, den genialen Kater von Lilian Jackson Braun.

Darüber hätten sie sich gerne mit anderen ausgetauscht oder weitere Anregungen bekommen, aber so jemanden traf man ja nicht einfach beim Zahnarzt oder der Frisörin. Dafür müsste es eine richtige Runde, einen speziellen Kreis von Krimifans geben.

Die Veranstaltung „Weihnachten, wie es früher war" im Event-Hotel „Memories", war ihnen für ihr Anliegen wie ein gutes Omen erschienen, denn sie war ausschließlich für Menschen ohne Familienanschluss konzipiert worden.

Dort hatten sie einen wunderbaren Vorgeschmack auf das Gefühl von Gemeinsamkeit bekommen, hatten mit anderen Plätzchen gebacken, Geschenke gebastelt und Weihnachtslieder mit Kindern gesungen, fast so als ob sie selbst Enkel hätten.

Bei der abschließenden Fahrt mit einem Pferdeschlitten durch den Winterwald, hatten sie sich dann geschworen, nie wieder einsame Feste zu erleben oder auch nur einsame Tage und dafür gleich eine zündende Idee entwickelt.

Sie würden eine Wohngemeinschaft mit anderen Frauen bilden, einen Krimiclub gründen und sich garantiert nie wieder einsam fühlen.

Das passende Haus war relativ schnell gefunden, so als ob es auf sie gewartet hätte. Natürlich müsste es zuerst an ihre Anforderungen angepasst werden, deshalb würden sie als erste einziehen und dann die nötigen Veränderungen gemeinsam angehen.

Dieser Umbau war bereits geplant, die erforderlichen Anträge waren eingereicht und Jutta steckte schon mitten in den Umzugsvorbereitungen, als sich das gemeinsame Vorhaben urplötzlich in Luft auflöste.

Anette verliebte sich Hals über Kopf in einen Künstler und das hatte weitreichende Konsequenzen. Über Nacht gab es für sie nur noch diesen einen Mann auf der Welt, bei dem sie unbedingt bleiben wollte. Also habe sich eine WG für sie erübrigt, teilte sie lakonisch mit.

Eigentlich hätte sich Jutta ehrlich für ihre Freundin gefreut, auch wenn die gemeinsamen Pläne jetzt dahin waren, aber dieser Mann war einfach unmöglich und total unpassend für ihre Freundin.

Natürlich war er mit vollen goldblonden Haaren, großen dunkelblauen Augen und Wimpern, für die manche Frau gemordet hätte, wirklich gutaussehend, aber nach Juttas Meinung fast zu schön für einen Mann.

Ihre Freundin jedoch sah ihn an wie einen Engel, den ihr das Universum genau zum richtigen Zeitpunkt geschickt hatte, ehe sie mit einer Katze und ihrer Freundin versauern würde.

Auch hier sah Jutta genauer hin. Es störte sie weniger, dass dieser Jannik fünfzehn Jahre jünger war als ihre Freundin, auch sie mochte jüngere Männer, weil die besser in Form waren und sich mehr pflegten als Gleichaltrige. Aber es gefiel ihr überhaupt nicht, dass dieser Mann einen Geltungsdrang hatte, der wesentlich größer war als sein Arbeitseifer oder sein Einkommen. Über beides verfügte er nämlich nicht, wie Juttas hartnäckige Nachfragen erbracht hatten.

„Er ist eben Künstler", hatte Anette betont. „Und du weißt, dass die meisten erst anerkannt werden, wenn sie schon tot sind."

Jutta nickte nur bei Anettes Beteuerungen.

Dass Jannik nicht anerkannt war, konnte sie sehr gut nachvollziehen, denn noch gab es keine Kunstwerke, die man hätte bewerten können. Schließlich befand sich der Künstler, nach eigenen Angaben, noch in einer Selbstfindungsphase.

Anette mit ihren langen roten Haaren, hatte er zu seiner Muse bestimmt, oder wie er sagte, als seine Venus erwählt, genauso wie seinerzeit der berühmte Botticelli.

Auch wenn Anette blind vor Liebe war und ihren Künstler andächtig anbetete, war Jutta sofort klar, dass es hier weniger um künstlerische Anregung, sondern mehr um finanzielle Aneignung ging. Schließlich hatte ihre Freundin ähnlich gut verdient wie sie und ein kleines Vermögen angespart. Dazu kam noch, dass sie erst kürzlich einen ziemlich reichen Onkel beerbte und damit eine wirklich gute Partie darstellte, wie Juttas früh verstorbene Tante Frieda gesagt hätte. Aber alle Einwände, die Jutta gegen den Künstler vorbrachte, halfen überhaupt nichts.

Sie hatte mit Engelszungen auf ihre Freundin eingeredet und sie gebeten, sich wenigstens Zeit zu lassen, aber Anette schien nicht nur die übliche rosarote Brille der Verliebten zu tragen, sie schien auch ihr Gehirn komplett abgegeben zu haben. Immer wenn Jutta einen besonders passenden Einwand formulierte, antwortete Anette nur stoisch: „Halt dich da raus!"

„Na, schön", antwortete Jutta regelmäßig und dachte: *Auf keinen Fall!* Aber nichts half wirklich.

Irgendwann hatte sie dann zwar schon widerstrebend einen letzten Versuch gemacht. „Er ist fünfzehn Jahre jünger als du, glaubst du wirklich, dass dein heißgeliebter Jannik nicht nach anderen Frauen schaut. Als du neulich nicht da warst, hat er sogar mich angebaggert."

Anette hatte sie nur verächtlich angesehen. „Das hätte ich mir ja denken können, dass du einen Keil zwischen uns treiben willst. Du bist so eine neidische Kuh! Ab heute sind wir Freundinnen gewesen!"

Also gab Jutta nach und kaufte ihr die zweite Hälfte des Hauses ab. Danach war sie sich, ohne ihr gemeinsames Vorhaben, etwas orientierungslos vorgekommen und hatte tagelang in der Wohnung gesessen und gegrübelt. Warum musste das ausgerechnet jetzt passieren? Sie hatten doch einen so tollen Plan!

Einmal in der Woche wollten sie Menschen einladen, die Krimis genauso liebten wie sie. Jutta hatte sich das so interessant und spannend vorgestellt, wie den *Dienstagabend-Klub,* den Raymond West, der Neffe von Miss Marple, ins Leben gerufen hatte um ungelöste Rätsel aufzuklären.

Vielleicht hätten sie sogar irgendwann selbst etwas ermitteln können? In den Hotels war ihr Spürsinn für solche Dinge schon legendär gewesen. Und jetzt sollte sie diesen aufregenden Plan einfach begraben?

Sie war doch bisher immer für alle da gewesen, hatte geholfen, wo sie nur konnte. Hatte sie denn nicht auch einen anregenden, interessanten Ruhestand verdient? Fragen, auf die es keine Antwort gab, die sie aber auch nicht losließen.

Und irgendwann hatte sie dann mit der flachen Hand auf den Tisch geschlagen und die Frau wieder hervorgekramt, die sie immer gewesen war, die Macherin.

Gibt es ein Problem? Jutta kriegt das hin! Das hatten ihre Kollegen und auch ihre Vorgesetzten immer wieder betont, sie war die Geheimwaffe, die jede Situation retten konnte. Also würde sie auch ihr Lieblingsprojekt retten!

Sie ging vor, wie sie es immer machte, sie erstellte einen Plan, suchte sich Verbündete und legte los.

Da es ein wirklicher Neustart sein sollte, kündigte sie die große Wohnung, lagerte nur einige wenige Lieblingsmöbel und natürlich ihre Bücher ein, verkaufte alles andere und zog vorübergehend in eine Pension ganz in der Nähe ihres zukünftigen Hauses.

Für dessen Umbau hatte sie mit ihrer Bank einen so weitreichenden Kreditrahmen ausgehandelt, dass damit alles abgedeckt war. Natürlich hatte ihr bei der Summe kurz der Atem gestockt, aber das würde sie auch noch schaffen. Sie straffte die Schultern und seufzte. Leider war es jetzt nicht so spannend und abenteuerlich, wie sie es sich gemeinsam mit Anette ausgemalt hatte und ihr war auch nicht ganz wohl dabei, das alles allein anzugehen.

Aber je schneller das Haus in Ordnung kam, um so eher konnte sie die Leute für ihre Wohngemeinschaft, ihren Krimiclub und vielleicht auch neue Freunde finden. Also gab sie sich endlich einen Ruck, um hinein zu gehen, als sie den Architekten näher kommen sah.

Sie lächelte. Dass er nach ihrem Anruf so schnell kommen konnte, war nicht wirklich überraschend, denn das Sommer-Karree befand sich ja direkt in der Nähe. Nachdem sie noch während des Weihnachtsaufenthaltes ihr Wunschhaus gekauft hatten, war sie auch mit Dennis ins Gespräch gekommen, dem Architekten, der den Umbau des Karrees und des Hotels geleitet hatte und zur Familie gehörte. Mit ihm hatte sie gleich einen Besichtigungstermin vereinbart, um alle ihre Wünsche zu besprechen. Also holte sie noch einmal tief Luft und dann die Schlüssel aus ihrer Manteltasche. Jetzt kann es losgehen!

Dennis Braun kannte bisher nur die Pläne für den Umbau und hatte auch das Haus nur von außen gesehen. Allerdings lag ihm eine konkrete Übersicht der speziellen Wünsche vor, die Jutta akkurat aufgelistet hatte.

Im Erdgeschoss sollte es einen sehr geräumigen Ess- und Wohnbereich, unbedingt mit Kamin, eine komfortable Küche und auch eines der Appartements geben. Die anderen drei waren für die erste Etage vorgesehen.

Jutta und Anette hatten lange darüber diskutiert, wie die Zimmeraufteilung in einer Wohngemeinschaft aussehen müsste, in der sie sich wohlfühlen könnten. Beide hatten keinerlei WG-Erfahrungen aus ihrer Studienzeit, waren daher auch nicht so weit abgehärtet, um sich locker vorstellen zu können ständig mit anderen das Bad zu teilen. Deshalb kamen sie auf die Idee Appartements zu gestalten, die einen großzügigen Schlaf-Wohnraum und ein bequemes Duschbad umfassten.

Für Gäste war noch ein WC im Erdgeschoss vorgesehen und im Keller sollte es einige Vorratsräume, große Schränke und eine Waschküche geben. Nachdem der Statiker alles bestätigt hatte, lag auch die Genehmigung für den Umbau rechtzeitig vor. Dennoch prüfte Dennis noch einmal die Tragfähigkeit der Mauern und den Zustand der Installationen ausgiebig, dann zeigte er ihr anhand ihrer Wunschliste, was alles möglich wäre.

„Wir müssen hier eine Wand nach hinten versetzen damit der Raum größer wird. Die neue wäre dann etwa auf dieser Höhe." Jutta machte große Schritte, um den Raum auszumessen. „Das reicht völlig aus, es wird trotzdem ein beeindruckender Raum werden, besonders mit dem Kamin."

Dennis deutete auf den Grundriss. „Oben ziehen wir an diesen Stellen die Trennwände für die Duschen ein, auch das dürfte kein großes Problem sein. Der Abriss kann morgen beginnen. Danach brauchen wir möglichst bald die Fliesen und jede Menge Installationsmaterial für die Küche, die Waschküche, die Gästetoilette und die Duschbäder. Es gibt zurzeit Lieferprobleme, wir müssen also das Material rechtzeitig bestellen. Machen Sie das Design selbst oder soll ich Lea einbeziehen?"

Jutta konnte sich sehr gut an die spektakulären Hotelzimmer erinnern die Lea Sommer eingerichtet hatte, aber dieses Haus war ihr Baby!

„Das ist nett, dass Sie das vorschlagen, aber ich träume schon so lange von diesem Haus und habe eine klare Vorstellung, wie es zum Schluss aussehen soll. Ich schaue mich noch ein wenig um, was regional angeboten wird, dann kann ich nächste Woche meinen Entwurf mitbringen."

Dennis nickte nur. „Das reicht, um dieses Material zu bestellen." Jutta war zufrieden mit dem ersten Ergebnis der Begehung und den gemeinsam beratenen Vorhaben.

Jetzt fühlte sich das Haus schon viel vertrauter an.

„Vielleicht könnte ich auch schon früher einziehen und noch mehr mithelfen", überlegte sie. „Mir wird in der Pension bereits ziemlich langweilig und meine Krimis sind ausgelesen. Sie kennen nicht zufällig eine gute Buchhandlung, die mich auf neue Ideen bringen könnte?"

Dennis lächelte, während er seine Unterlagen einsammelte.

„Ich komme nicht oft zum Lesen, aber meine Frauen schwören auf „Majas Leseecke", die ist in der „Weiberwirtschaft", ganz in der Nähe, im Mühlengrund."

Er zeigte ihr noch die Straße zum Mühlengrund und verschwand dann wieder in Richtung Sommer-Karree. Ein netter junger Mann, dachte Jutta, als sie die gut trainierte Figur aus der Ferne betrachtete. Er schien mit Polly, die diese tollen kalorienarmen Leckereien herstellte, ziemlich glücklich zu sein.

Dann seufzte sie zufrieden. Noch etwas, worauf sie sich freuen konnte, eine gemütliche Kafferunde der WG im Erdgeschoss, mit Blick in den Garten oder sogar auf der Terrasse und dann Pollys Mokka-Cupcakes. Hm!

Lächelnd machte sie sich auf den Weg zur Buchhandlung. Obwohl sie bisher immer im Zentrum großer Städte gelebt hatte und Taxis für normale Fortbewegungsmittel hielt, stellte sie unterwegs erstaunt fest, wie gut es ihr gefiel, alles was sie brauchte, auch zu

Fuß erreichen zu können.

Und die „Weiberwirtschaft" gefiel ihr ausnehmend gut. Wo fand man schon einen so idyllischen Marktplatz, an dem das Einkaufen in kleinen Läden so richtig Spaß machte? Jutta blieb einen Moment stehen und betrachtete den ungewöhnlichen Platz, der ihr das Gefühl vermittelte, mitten in einem Dorf in der Toskana zu sein. Natürlich waren es keine Zypressen, die den Platz säumten, sondern schlanke, deutsche Linden, deren Knospen sich gerade in der Frühlingssonne bildeten.

Aber die strahlend weißen Gebäude verfügten über dunkel gerahmte Bogenfenster und bogenförmig überdachte Durchgänge, wie sie das von vielen Häusern in Italien kannte.

Sie lächelte unwillkürlich, denn all das erinnerte sie sehr an angenehme Stunden in der Emilia Romagna und gleich wurde ihr davon wärmer.

An der hinteren Seite des Platzes wuchsen ein japanischer Zierahorn und zahlreiche Essigbäume, die sie auch von Hotelanlagen kannte und in der Mitte und vor einigen Eingängen waren Blumenrabatten mit Frühlingsblühern angelegt und Bänke aufgestellt. An den vorderen Hauswänden rankte sich wilder Wein und an den Bogengängen schienen die Rosen ihre Knospen kaum noch zurückhalten zu können.

Rosen würde sie auch pflanzen, vor allem weiße und gelbe, vielleicht auch Wein auf der Gartenseite, überlegte sie voller Freude darüber, schon so viele Anregungen gesammelt zu haben.

Sie drehte sich langsam im Kreis, um nichts zu verpassen. Das ist wirklich ein hübsches Ensemble, dachte sie bewundernd, als ihr Blick auf den Brunnen fiel.

Ein Brunnen in so einem kleinen Einkaufszentrum war schon erstaunlich. Und dieser Brunnen war etwas ganz Besonderes, denn er schien wirklich der Clou des kleinen Platzes zu sein, weil sein Wasser über ein großes Mühlenrad floss, das sich leicht knarrend bewegte. Ein pausbäckiger Drache saß oben über dem Rad und schien zu überwachen, dass es sich auch beständig drehte. Vielleicht pustete er auch, wenn es nicht schnell genug ging.

Bei dieser Vorstellung musste sie schon wieder lächeln. Um den Brunnen herum gab es die unterschiedlichsten Läden und Jutta freute sich jetzt schon darauf, demnächst den Morgenspaziergang mit einem schnellen Einkauf verbinden zu können.

Von dem kleinen Hofladen einer Agrarvereinigung war sie so begeistert, dass sie sofort frisches Obst und leckeren Käse kaufte.

In „Majas Leseecke" ging es ihr ähnlich. Schon der Raum war ungewöhnlich eingerichtet. Große weiße Regale standen quer in den Raum und bildeten so angenehme Nischen, in denen man ungestört stöbern oder sich mit seinem Buch schon in einem Sessel niederlassen konnte.

Nachdem Jutta einen Blick in den Bereich der Liebesromane geworfen hatte, der durch rosafarbene Wände auffiel, zog sie sich doch lieber zu den blau getönten Wänden der Krimi-Abteilung zurück. Bei dem umfangreichen Angebot an Cosy-Crimes, die sie besonders liebte, fiel ihr die Auswahl ausgesprochen schwer, obwohl sie von der Inhaberin Maja einfühlsam beraten wurde.

Maja, deren braune Locken nur einen Ton heller waren als ihre eigenen, war ihr sofort sympathisch. Und nur deshalb erwähnte sie in dem netten Gespräch auch ihr Projekt SeniorenWohngemeinschaft und ihre Idee mit dem Krimiclub.

Maja hörte ihr aufmerksam zu und zeigte ihr anschließend die Erfolgswand ihrer Kontaktbörse, die sie schon seit einigen Jahren führte. „Ich verfolge mit meiner Kontaktbörse ein besonderes Anliegen, nämlich Menschen zusammen zu bringen, die wirklich gut zusammen passen. Meist haben sie auch ähnliche Interessen oder Hobbys oder sie ticken einfach gleich. Hier sind die Fotos von zufriedenen Menschen, denen ich die richtigen Kontakte vermittelt habe und bei denen alles geklappt hat. Viele sind inzwischen glückliche Paare, einige *nur* gute Freunde, andere zuverlässige Spiel- oder Trainingspartner für die Freizeit und einige haben sich auch als Wohngemeinschaft gefunden."

Jutta war regelrecht davon überwältigt, wie schnell ihr Projekt heute vorankam. Der Tag hatte nicht besonders begonnen, da waren mehr Zweifel, als freudige Gedanken gewesen. Aber inzwischen stand die Planung für das Haus, sie hatte erste Ideen für den Garten und wenn es ihr hier gelingen würde, geeignete Mitbewohner zu finden, die vielleicht auch Freunde würden, was wollte sie noch mehr? Kurzentschlossen ließ sie sich mit ihrem Wunsch in Majas Kontaktbörse eintragen, auch wenn sie noch leichte Zweifel hatte, ob das wirklich erfolgreich sein könnte.

Die verflogen jedoch, als sie in dem kleinen Café zwischen Buchhandlung und Backstube einen Cappuccino trank, Beerenkuchen kostete und schon einen ersten Blick in ihre neuen Bücher warf.

Judith, die junge Bäckerin, war nicht überrascht, als sie bei ihr ganz vorsichtig nachfragte ob so eine Vermittlung in der Kontaktbörse wirklich klappen könnte.

Sie lachte nur vergnügt. „Ich wollte es damals auch nicht glauben, als Maja mir den Mann gezeigt hat, der zu mir passt. Aber jetzt sind wir schon drei Jahre verheiratet und immer noch glücklich. Fast jeder hier in der „Weiberwirtschaft" hat schon Majas Paar-TÜV genutzt und alle sind happy. Inzwischen spricht sich ihr Erfolg auch herum und manche kommen deswegen sogar von weit her. Maja hat einfach eine Nase dafür, wer zu wem passt. Auch wenn Sie sich nicht verlieben wollen und nur einen guten Kumpel oder eine Freundin suchen, die ähnlich tickt wie Sie, Maja kriegt das hin."

In der restlichen Woche hatte Jutta kaum Zeit, sich darüber Gedanken zu machen, ob die neuen Bewohner schon gefunden wären. Denn sie pendelte zwischen Baumärkten, Einrichtungshäusern und Stoffgeschäften hin und her und fühlte sich fast wie früher, als sie die Verantwortung für die Fertigstellung von Ferienhotels trug. Damals hatte sie nicht jede Fliese einzeln ausgewählt, sondern meist nur das Farbkonzept eines Design-Büros bestätigt. Auch damals hätte sie gerne noch einiges im Detail geändert, da sie häufig viel genauer wusste, womit sich die Gäste willkommen fühlen würden. Aber jetzt hatte sie ihre Chance und deshalb würde auch alles so sein, wie sie es mochte.

Als sie endlich das fertige Konzept für die Gestaltung des geräumigen Wohnraums mit Essbereich, der großzügigen Küche, der Appartements und der Nebenräume vor sich liegen hatte, alles in sanften Naturfarben geplant, fühlte sie sich so stolz und zufrieden, als hätte sie das Haus schon eigenhändig umgebaut. So war es einfach perfekt!

Am liebsten hätte sie jetzt in die Hände geklatscht, laut gesungen oder eine Salsa getanzt, wie sie das früher oft nach einem erfolgreichen Abschluss getan hatte, aber wenn man einen passablen Mann brauchte, war natürlich keiner da!

Sie zuckte die Schultern, ein tiefer Seufzer oder ein erlösender Urschrei, mussten in dieser Situation eben reichen. Und vielleicht sollte sie sich heute als Ausgleich noch in „Pollys Café" ein wenig mit diesen kalorienarmen Leckereien verwöhnen.

Ihr Haus würde einfach so toll werden, dass Anette garantiert blass vor Neid wäre, falls sie es sehen könnte, wo immer sie jetzt auch war. Jutta wünschte ihr nichts Schlechtes, sollte sie doch mit diesem unfähigen Faulpelz glücklich werden!

Sie aber würde sich jetzt voll darauf konzentrieren, fantastische neue Freunde zu finden und eine tolle Zeit zu haben. Sorgfältig verpackte sie das Konzept und die Materialmuster und eilte dann, genauso zielstrebig wie früher, mit schnellen Schritten zu ihrem Haus.

Dennis Braun, der Architekt, der auch den Umbau leitete, empfing sie mit besorgter Miene. Jutta nahm das nicht gleich wahr, sondern brach beim Anblick des Wohnraums gleich in überschwängliche Begeisterungsrufe aus. „Oh, das ist so toll, so viel Platz und es ist so hell. Eigentlich ist nur eine Wand versetzt, aber damit wurde eine fantastische Veränderung erreicht!"

Das Lächeln des Architekten über ihre Freude blieb vorsichtig. „Der Abriss und die ersten Arbeiten sind bisher ohne Schwierigkeiten verlaufen, aber jetzt haben wir ein echtes Problem. Seit zwei Tagen fehlen Werkzeuge und auch einiges an Material, das hier gelagert war. Das ist mengenmäßig noch nicht allzu viel, aber es wirft uns zeitlich etwas zurück."

Jutta, die interessiert den alten Holzboden betrachtet hatte, drehte sich überrascht um. „Klau am Bau? Das kenne ich von den Hotels auch. Da wurde tatsächlich alles geklaut, was sich irgendwie zu Geld machen lässt, selbst Toilettenbecken. Aber dass so etwas auch in einem privaten Haus passiert ist mir neu. Muss ich eine Überwachungskamera einbauen lassen oder was empfehlen Sie mir?"

Noch während sie sprach, tauchten zwei Kinder mit einem Hund auf, die offensichtlich aus der ersten Etage kamen und ziemlich zurückhaltend in einiger Entfernung stehen blieben.

Der Junge, der ausgesprochen hübsche schokoladenbraune Locken und Augen in der gleichen Farbe hatte, schien der Sohn von Dennis Braun zu sein, denn dessen Augen schimmerten ebenso wie Juttas Lieblingsschokolade. Das Mädchen mit den rotblonden Henkel-zöpfchen und den großen grünen Augen, das hinter dem Jungen hervor lugte, war das Ebenbild von Polly.

„Oh, Sie haben Ihre Kinder mitgebracht! Wollt ihr euch die weiße Frau ansehen, die hier spuken soll?"

Die beiden musterten sie, wie jemanden, der überhaupt keine Ah-nung hat und sahen sich nur grinsend an. Deshalb erklärte Dennis der staunenden Jutta die Zusammenhänge. „Ich habe die beiden wegen der Diebstähle engagiert. Schließlich haben sie als Jung-Detektive bereits eine Menge Fälle aufgeklärt und jetzt sollen sie mir helfen, die Diebe zu ermitteln."

Erst jetzt kamen die beiden auf sie zu und der Junge stellte sie vor. „Ich bin Charlie Braun und das ist Rina, meine Schwester und das mein Hund Snoopie. Wir haben uns oben umgesehen…"

„*Man muss immer zuerst das Gelände erkunden*, sagt Flavia, mei-ne Lieblingsdetektivin", ergänzte das Mädchen.

„Das ist auf jeden Fall richtig", lobte Jutta. „Wenn ich mich ausreichend gut an die gelesenen Krimis erinnere, geht es weiter darum: Wer hat ein Motiv, wer hat die Möglichkeit und wer hat die Mittel?" Während sie weitersprach, zählte sie ihre Erkenntnisse an den Fingern ab. „1. Das Motiv ist klar, jemand braucht schnelles Geld, aber das bringt uns nicht weiter. Wenn ich allerdings 2. die Möglichkeit, also den Zugang zum Haus und 3. die Mittel für den Transport und den Weiterverkauf bedenke, kann es nur jemand sein, der hier arbeitet."

„Alle Achtung, sie machen das fast so gut, wie meine Sommer-Frauen", lachte der Architekt und sah sie bewundernd an. „Wenn die ein Verbrechen nur wittern, dann machen sie es wie Miss Marple und klären es in Windeseile auf. Aber die Leute, die hier arbeiten, kenne ich schon lange, für die lege ich die Hand ins Feuer. Von denen war es keiner."

„Aber jemand versucht inzwischen das fehlende Werkzeug über das Netz zu verkaufen", wandte Charlie ein. „Wir haben auch einiges von dem Klempnermaterial darunter gefunden, das du uns genannt hast. Also ist jemand hier gewesen und hat es gestohlen. Hier im Haus ist aber nichts davon versteckt, sonst hätte es Snoopie gefunden, der findet sonst alles. Das ist die Liste der Angebote im Netz, ich weiß aber noch nicht wer dahinter steckt."
Der Junge zog einen Computerausdruck aus der Tasche, während sein Vater fassungslos den Kopf schüttelte.
„Das verstehe ich nicht! Ich kenne die Leute, teilweise seit mehre-

ren Jahren, da war nie etwas."

„Es sind auch keine alten Männer, die das gemacht haben, es sind junge. Und sie kommen wieder, wahrscheinlich morgen."

Das Mädchen war ganz blass geworden und hatte die letzten Worte nur geflüstert.

Jutta beugte sich besorgt zu ihr, aber Charlie erklärte ihr nur lakonisch. „Das ist immer so, wenn sie Vorahnungen hat. Aber was sie sagt haut garantiert hin."

Währenddessen hatte Dennis Braun in seinen Unterlagen geblättert und schimpfte leise. „Sie müssen wirklich interne Informationen haben. Morgen wird die neue Wärmepumpe geliefert und wenn wir die verlieren, wäre das nicht nur ein großer finanzieller Schaden, wir bekämen auch keinen Ersatz, zumindest nicht rechtzeitig. Also werde ich eine Wache aufstellen müssen."

Aber Jutta widersprach ihm sofort. „Ich kenne solche Situationen aus meiner Arbeit in Hotels, die haben auch ab und zu Personal, das etwas mitgehen lässt. Wenn jemand genauere Informationen darüber hat, was hier abläuft, kann er sie nur von einem Menschen haben, der hier arbeitet oder vielleicht etwas liefert. Also könnte derjenige auch etwas über die aufgestellte Wache erfahren und würde zu einem anderen Zeitpunkt zuschlagen. So kriegen wir sie nie!"

Sie schüttelte von ihrem Einwand überzeugt den Kopf und überlegte fieberhaft. Dann wandte sie sich an Rina. „Bist du ganz sicher, dass sie morgen kommen? Ich muss dich das fragen, denn ich habe leider keine Vorahnungen und auch keine Erfahrung damit."

Aber Rina war sich sicher und nickte so überzeugt, dass ihre Zöpfchen wippten. Jutta, die kurz ihr Vorgehen überlegt hatte, lächelte jetzt so, als ob sie den Erfolg schon sehen könnte.

„Ich habe eine Superidee! Am besten überlassen Sie das ganze Problem einfach mir!"

Dennis nickte nur. „Wenn Sie sich wirklich sicher sind, akzeptiere ich das." Er hatte kein gutes Gefühl dabei, sah aber, dass Rina zufrieden grinste. Wahrscheinlich wusste sie schon wieder mehr als die anderen und offensichtlich auch, dass alles gut ging.

„Ihre Idee ist wirklich toll", bestätigte sie gerade Jutta. „Und das wird auch sehr gut funktionieren. Schade, dass wir nicht dabei sein können."

„Wobei denn?" Charlie zog seine Schwester zur Seite, denn wie immer, wenn sie so geheimnisvoll grinste, verriet sie ihm niemals alles. Aber er wollte mehr wissen, doch Rina flüsterte nur „Frauensachen, nichts für dich!"

Enttäuscht wandte er sich ab. So war das immer, Rina verschwieg ihm die wichtigsten Dinge. Aber so würde er doch nie etwas über Frauensachen erfahren, immerhin war er schon ganz lange zehn Jahre und damit alt genug! Etwas mürrisch folgte er ihr dann zum Ausgang und tröstete sich mit dem Vorhaben, irgendwann ein Computerprogramm zu entwickeln, das noch viel genauer und viel besser sein würde, als Vorahnungen. Bestimmt!

„Könntest du noch mehr über den Verkäufer herausfinden?"

Eigentlich wollte sich Dennis mit dieser Frage an seinen Sohn wenden, aber als er von seiner Liste hochsah, war der schon an der Tür. Er hörte nur noch „Springer läuft!", dann waren die Kids verschwunden.

Nachdem Jutta und Dennis sich über alle Einzelheiten des Designs verständigt hatten, unterhielt sie sich noch angeregt mit den Männern, die gerade die Dämmung und den Trockenbau fertig stellten. Sie interessierte sich für ihre Arbeit und fragte auch, ob jemand die weiße Frau schon einmal bemerkt hätte.

Die meisten lachten nur darüber, aber einer wusste von seinem Großvater, dass es irgendwann eine Braut gab, die von ihrem Zukünftigen sitzen gelassen worden sei und sich deshalb hier das Leben genommen habe. „Aber sie erscheint nur, wenn ein untreuer Mensch auftaucht, sagt man."

Oder ein Dieb, dachte Jutta etwas boshaft. Trotzdem wäre die Sache mit der weißen Frau eine wunderschöne Schauergeschichte, die man gut an einem Winterabend in einer gemütlichen Runde am Kamin weitererzählen könnte, wenn es denn beides endlich gäbe. Und darum würde sie sich jetzt kümmern! Gut, dass sie viele Talente besaß und vor allem das nicht verkauft hatte, was sie jetzt für eine ganz besondere Überraschung brauchte. Sie grinste erneut etwas boshaft, die Diebe würden sich wundern!

Am nächsten Tag bereitete sie ihre Aktion sorgfältig vor und brachte alles Notwendige am späten Nachmittag mit einem Taxi zur Baustelle und lagerte es im Keller.

Nachdem die letzten Arbeiter gegangen waren, huschte sie ungesehen ins Haus. Solange es noch hell war, baute sie ihre Technik auf, die sie noch von diversen Laserlicht-Shows besaß. Früher hatte sie sich bei großen Events in den Ferien-Hotels immer etwas Besonderes, etwas nie Gesehenes, manchmal auch Gruseliges einfallen lassen, hatte Feen, Meerjungfrauen, Dämonen und Drachen erscheinen und wieder verschwinden lassen. Schon deshalb waren ihre Licht-Shows immer spektakulär gewesen. Und heute würde es etwas ganz Spezielles geben.

Nachdem die Technik einsatzbereit war, schaute sie sich prüfend um. Wenn die Diebe die Eingangstür benutzten, würden sie genau in ihre Falle tappen. Sollten sie aber über den Keller kommen, hatte sie auch noch eine zusätzliche Schikane auf der Treppe vorgesehen. Jetzt schnell noch die Sicherungen lockern, außer der einen die sie brauchte, dann war alles bereit.

Höchst zufrieden mit sich, saß sie danach lange Zeit auf ihrem mitgebrachten Regie-Stuhl am Fenster und sah zu, wie sich die Dämmerung ganz sanft über dem Grundstück ausbreitete.

Der Blick in den Garten war etwas, das sie wahrscheinlich in jeder Jahreszeit genießen würde, aber heute tat sie das auch mit der Vorfreude auf alles, was nach dem Abschluss des Umbaus noch zu erwarten wäre. Die Chance auf eine tolle Zeit mit neuen Freunden würde sie sich auf keinen Fall von irgendwelchen Dieben nehmen lassen!

Eigentlich hatte sie befürchtet bei soviel Ruhe und ohne jede Ablenkung einfach einzuschlafen, aber sie blieb wach und kampfbereit, wie sie mit einem leichten ironischen Grinsen feststellte.

Sie zuckte auch nicht zusammen als plötzlich ein leichtes Kratzen und Klicken an der Eingangstür zu hören war, richtete sich aber voller Spannung auf.

Im Schein der Straßenlampe, deren Licht durch das Flurfenster fiel, konnte sie genau sehen, wie sich die breite Eingangstür langsam öffnete und zwei Jugendliche hereinschlichen, den Bewegungen nach waren es Jungs.

„Toni, wir sollten das lassen, mir ist unheimlich", flüsterte der Kleinere, aber der andere antwortete barsch.

„Reiß dich zusammen, sei nicht so eine Memme. Denk an das viele Geld, das wir für eine Wärmepumpe kriegen!"

Jutta hatte genug gehört. Das waren keine Zufallseinbrecher sondern rücksichtslose Wiederholungstäter.

Also Showtime! Das hätte sie am liebsten laut geschrien, aber sie hielt sich zurück. Dafür beobachtete sie die Reaktionen der Eindringlinge auf ihre Überraschung ganz genau, mit einem grimmigen Lächeln und viel Entschlossenheit.

Als ganz plötzlich ein silbriger Lichtstrahl erschien und dicker
weißer Nebel über den Boden direkt auf sie zu wallte, wichen die
beiden zögernd zurück. Nachdem der Nebel immer höher stieg,
bewegten sie sich gar nicht mehr und starrten nur noch mit offenem
Mund auf die sonderbare Erscheinung.

„Was, was ist das?" Der Kleinere stotterte schon vor Angst, während der Größere verächtlich abwinkte.

„Wahrscheinlich haben die was falsch gemacht. Auf dem Bau passiert doch so etwas ständig."

 Aber gerade als er den Kleineren ungeduldig weiterziehen wollte,
verdichtete sich der Nebel urplötzlich zu einer mächtigen weißen
Frauengestalt, die direkt auf die beiden zuschwebte.

Jutta schrie dazu laut und fürchterlich gequält auf, wie sie es aus
Horrorfilmen kannte. Zusätzlich machte sie Fotos mit ihrem Handy, wobei der Blitz die Wirkung ihrer Lichtshow noch verstärkte.

Einen Moment lang standen die beiden wie erstarrt, aber im nächsten schon, hatten sie alles fallen lassen, was sie bei sich trugen und
waren so schnell verschwunden, dass es fast Kondensstreifen gegeben hätte.

Zufrieden lachte Jutta auf und schaltete ihre Technik aus. Dann
sammelte sie alles ein, was am Boden lag. Interessant, die beiden
hatten keinen Nachschlüssel, sondern benutzten einen Dietrich.
Also hatten sie von keinem verantwortlichen Mitarbeiter die
Schlüssel kopiert, waren aber dennoch an wesentliche Informatio-

nen gelangt. Wie oder bei wem? Das zu klären, dafür war morgen
noch genügend Zeit. Nachdem sie die Haustür wieder fest ver-
schlossen und zusätzlich verbarrikadiert hatte, rollte sie sich zufrieden auf ihrer Luftmatratze zusammen und schlief erstaunlich
schnell ein.

Sehr früh am nächsten Morgen wurde ihr klar, dass sie zwar gesiegt
hatte, aber Luftmatratzen für ihre Altersklasse nur noch bedingt
geeignet waren. Nachdem sie sich ausreichend gereckt hatte konnte sie aufstehen, bevor Dennis Brauns Mannschaft sie vielleicht mit
einem Kran hochhieven musste. Das wäre peinlich geworden, aber
die Aktion hatte sich gelohnt!
Als der Architekt kam, zeigte sie ihm als erstes ihre Fotos.
Er schüttelte nur den Kopf. „Ich kenne keinen von den beiden, aber
sie sehen aus, als hätte sie der Blitz getroffen. Was haben Sie denn
mit ihnen angestellt?"
Jutta lächelte verschmitzt. „Ich war das nicht, das war die weiße
Frau! Und wie kriegen wir jetzt heraus, wer die beiden sind? Sie
hatten keine Schlüsselkopien sondern einen Dietrich dabei. Vielleicht ist doch keiner Ihrer Mitarbeiter verantwortlich."
„Wir sollten die Fotos den Installateuren zeigen, nur die wussten
von der Wärmepumpe. Das machen wir am besten gleich."
Im Kellergeschoss trafen Jutta und Dennis Braun nur drei Leute,
die gerade die Anschlussarbeiten begannen. Zwei von ihnen schüt-

telten beim Anblick der Fotos sofort den Kopf, aber dem Dritten entfuhr ein ziemlich derbes Schimpfwort.

„Der Linke ist der Enkel eines guten Bekannten von mir, dem ich neulich meinen Beruf etwas schmackhaft machen sollte. Der Junge hat schon die zweite Lehre abgebrochen und ich habe mir den Mund fusselig geredet und wahrscheinlich auch ein bisschen mit der Wärmepumpe angegeben. Ich konnte doch nicht wissen, dass der sie klauen will."

„Ihnen mache ich doch keinen Vorwurf", besänftigte ihn Jutta.

„Aber wir dürfen solche Versuche auch nicht so leicht nehmen. Wer Straftaten begeht, muss dafür bestraft werden, sonst lernt er daraus nichts fürs Leben. Und Einbruch ist eine Straftat, also werde ich eine Anzeige machen. Wie heißt der junge Mann?"

Der Klempner zog die Schultern hoch. „Ich glaube, er heißt…"

„Andre Melzer", rief in dem Moment Charlie Braun und stürmte in den Keller, gefolgt von seiner Schwester. „Wir haben seine IP-Adresse geknackt, das genügt als Beweis."

„Und ich glaube, er hat sich vor Angst in die Hosen gemacht", fügte Rina grinsend an, „aber das werden wir vermutlich nicht mehr sehen können. Und jetzt müssen wir zur Schule."

Jutta sah zufrieden in die Runde. „Ihr Kids habt das wirklich toll hinbekommen, vielen Dank dafür. Und gemeinsam waren wir auch nicht schlecht als Ermittler. Wenn ihr morgen nachmittags Zeit habt, würde ich euch gerne einladen. In „Majas Leseecke" gibt es tolle Krimis, da könnt ihr euch etwas aussuchen und anschließend kosten wir gemeinsam noch den Beerenkuchen. Danach erzähle ich euch haargenau, was ich mit den Dieben gemacht habe. Hättet ihr Lust dazu?"

Die Kids jubelten sofort, aber Jutta richtete ihre Frage auch an Dennis Braun. „Ich hoffe, dass Sie nichts dagegen haben."

Der Architekt lachte. „Vermutlich würde ich nur überstimmt, aber ich hätte auch gerne gewusst, was sie veranstaltet haben. Die Burschen sahen aus, als hätten sie ins Jenseits geschaut."

„Und die weiße Frau getroffen oder auch den Schrei der Todesfee gehört", grinste Jutta. „Irgendwann führe ich es noch einmal vor."

Dann ging sie mit ihren Fotos und den Computerausdrucken von Charlie auf direktem Weg zum nächsten Polizeirevier, um Anzeige zu erstatten.

Schon am nächsten Morgen erhielt sie einen Anruf von einem Polizisten, dass der ältere der beiden Einbrecher festgenommen sei und sie in absehbarer Zeit damit rechnen könnte, das fehlende Werkzeug und Teile des Materials wieder zu erhalten. Außerdem teilte er ihr lachend mit, dass ihre Fotos und ihre Methode bereits die Runde durch die Polizeireviere machen würde, zur Freude aller Polizisten.

Für Jutta war das nicht so wichtig, sie war einfach mit sich und dem Ausgang ihres Vorgehens zufrieden. In wenigen Tagen würde sie schon ihr Appartement einrichten können. Das hatte ihr Dennis noch mitgeteilt und seitdem hatte sie ständig neue Ideen, ständig neue Farbkombinationen im Kopf und hätte am liebsten eine Puppenstube zum Ausprobieren gehabt.

Natürlich wusste sie, dass es solche Lösungen auch digital gab, aber das war doch nicht wirklich ein Vergleich mit Dingen, die man anfassen und fühlen konnte, oder?

Dennoch machte sie so viele Skizzen, dass sie drei Appartements hätte ausstatten können. Und als sie fertig war, fiel es ihr noch schwerer, sich für eine Variante zu entscheiden. Also würde sie das erstmal vertagen und die Kids treffen.

Wegen des ziemlich heftigen Frühlingsregens, griff sie zu ihrem blaugrünen Regenmantel und stürmte dann mit schnellen Schritten zur „Weiberwirtschaft".

Charlie und Rina waren schon sehr gespannt auf das Treffen mit Jutta. In „Majas Leseecke" musste ihnen Maja zwar bedauernd mitteilen, dass es von ihrer Lieblingsdetektivin *Flavia de Luce* immer noch kein neues Abenteuer gäbe, sie half ihnen aber, etwas Ähnliches zu finden.

Judiths Beerenkuchen geriet dann fast zur Nebensache, denn Jutta hatte bei der Schilderung ihrer speziellen Laserlicht-Show zwei sehr aufmerksame Zuhörer, die sich diebisch freuten.

„Schade, dass Sie den Schrei hier nicht loslassen können", stellte Rina abschließend fest. „Der war wirklich das Beste von allem."

„Das stimmt", lachte Jutta. „Er klang so wie…"

„Frau Keller!" Als Maja zufällig im gleichen Moment ziemlich laut nach Jutta rief, bogen sich alle drei vor Lachen, aber Maja kam nur mit einer Einladung. „Nächste Woche liest Emilia Richter aus ihrem neuen Buch. Dazu würde ich Sie gerne einladen, weil an diesem Tag auch zwei Menschen kommen, die ich für Ihre Wohngemeinschaft im Auge habe."

Jutta war schon wieder überrascht, wie schnell sich jetzt alles entwickelte, aber eigentlich sollte es ja so rasch wie möglich vorwärts gehen. Denn sie war mehr als bereit: Das Abenteuer Senioren-WG und Krimiclub konnte beginnen!

Die weiße Frau

Lange bevor sie sich auf den Weg zur Lesung in „Majas Leseecke" machte, spürte Jutta Keller, wie ihre innere Spannung zunahm.

Sie war schon den ganzen Morgen nervös gewesen und konnte sich nur schwer entscheiden, was sie tragen wollte. Aber weil heute so ein schöner Frühlingstag war, hatte sie sich für einen leichten Zweiteiler in Violett entschieden und trug dazu einen weichen Strickpullover in einem helleren Fliederton.

Als sie sich prüfend im Spiegel betrachtete, musste sie lächeln. Ton in Ton, so wie es gerade aktuell war. Das war einer ihrer Tricks, die sie gerne nutzte, um sich stärker zu fühlen. Immer wenn ihre Kleidung farblich oder stylisch stimmte, gab ihr das mehr Sicherheit, besonders wenn sie sich auf unsicherem Terrain bewegen musste, so wie heute.

Denn heute sollte sie die zwei Menschen kennenlernen, mit denen sie möglicherweise zusammenwohnen würde. Sie war etwas aufgeregt, überlegte aber auch, was sie fragen sollte, was sie überhaupt wissen musste.

Das Ganze war ja nicht zu vergleichen mit ihrer früheren Tätigkeit. Wenn sie damals die Absicht hatte jemanden einzustellen, prüfte sie den natürlich gründlich auf Herz und Nieren. Aber hier ging es um etwas völlig anderes. Es beschlichen sie leise Zweifel, ob es überhaupt möglich war, so etwas Wichtiges so schnell zu entscheiden? Wahrscheinlich nicht, denn wenn sie sich eigentlich eine gute Menschenkenntnis zutraute, konnte sie doch keinem ins Herz sehen. Oder hätte sie jemals von ihrer Freundin Anette solche extremen Reaktionen erwartet? Garantiert nicht. Anscheinend konnten auch gute Freundinnen eine echte Enttäuschung sein.

Sie schüttelte unwillig den Kopf, es hatte keinen Zweck sich so viele unnötige Gedanken zu machen, noch musste sie sich ja nicht entscheiden.

Zufrieden sah sie sich in ihrem Appartement um, das ganz in sanften blaugrünen Farbtönen eingerichtet war. Es war noch nicht perfekt, aber schon ziemlich nahe daran. Aber noch wichtiger schien ihr, dass sie es schon einrichten und dort wohnen konnte.

Sobald die Heizung und das erste Duschbad fertig waren, hatte sie kurz entschlossen wieder einmal ihre Sachen gepackt und war sofort eingezogen, obwohl die Handwerker noch im Erdgeschoss arbeiteten und die Küche nicht benutzbar war. Das störte sie am allerwenigsten, sie konnte sowieso nicht kochen.

Auch etwas das ich bei zukünftigen Mitbewohnern erfragen sollte, überlegte sie. Schon wieder Fragen!

Sie stöhnte immer noch auf dem Weg zur Lesung und musste sich erst wieder daran erinnern, dass dieser schöne Frühlingstag auch ein Grund zur Freude war. Genauso wie die Tatsache, dass Menschen wie Maja über eine so besondere Gabe verfügten, die schwierige Entscheidungen erleichtern konnte.

Wie gut, dass ich mich erstmal auf ihre Vorauswahl verlassen kann, dachte sie beruhigt und betrat die Buchhandlung.

Staunend stellte sie fest, dass der gesamte Innenraum und auch das kleine Café schon gut gefüllt waren. Maja winkte sie nur noch schnell auf ihren Platz und dann begann es bereits.

Emilia Richter, eine charmante ältere Dame, deren dunkle Haare zu einem Dutt frisiert waren, las die Geschichte *Ein Baby wird entführt*.

Soweit Jutta wusste, war das ein Fall, an dessen Lösung Emilia auch mitgewirkt hatte. Die Story ließ die Zuhörer mit den jungen Eltern leiden, brachte sie aber bei der Schilderung des Einsatzes der Krimifrauen vom alten Bahnhof und der kleinen Detektive auch oft zum Lachen.

Jutta saß an einem kleinen Tisch neben einem schlanken, sympathischen Mann zwischen 40 und 50, der sein schwindendes Kopfhaar ziemlich kurz geschoren trug und seinen Rollstuhl sehr geschickt neben ihr geparkt hatte. Er schien genauso viel Spaß an der Geschichte zu haben wie sie und kicherte auch an den gleichen Stellen.

Auf ihrer anderen Seite saß eine blonde Frau in ihrem Alter, die eher zurückhaltend lächelte, sich ständig Notizen machte, aber dann in der Diskussion viele Fragen an die Autorin stellte.

Eine richtige Fleißbiene, dachte Jutta amüsiert, aber nicht unsympathisch. Wenn mir Maja diese beiden vorschlagen würde, wäre ich nicht abgeneigt, obwohl ich mir gedanklich immer eine reine Frau-en-WG vorgestellt hatte.

Als es dann wirklich genauso kam, lachte sie erfreut. „Ich glaube, die kleine Rina hat mich mit ihren Vorahnungen angesteckt. Genauso habe ich es mir auch gewünscht. Schön, wie sich alles nach meinen Vorstellungen entwickelt."

Die Fleißbiene hieß Anja, hatte früher im Kulturamt der Stadtverwaltung gearbeitet und lebte seit ihrer Scheidung allein. Kuschel-Krimis waren ihr größtes Hobby und sie träumte schon lange davon, selbst welche zu schreiben, wie sie etwas verschämt erzählte.

Der zweite Kandidat war auch im Rentenalter, also deutlich älter, als sie vermutet hatte und schwärmte eher für Krimis die im Polizei-Milieu spielten. Obwohl er vieles kritischer sah, da er bis zu seinem Unfall selbst im Polizeidienst war. Er hieß Andreas, war ebenfalls geschieden und schien wegen seines Unfalls nicht übermäßig verbittert zu sein.

Jutta musterte ihn aufmerksam und verteilte in Gedanken bereits die Appartements. Andreas würde natürlich das im Erdgeschoss bekommen und Anja mit ihr in der 1. Etage wohnen. Der Zugang wäre auch kein Problem, denn die Vorbesitzer hatten bereits eine Schräge angelegt, da der Mann einen Rollator brauchte.

„Ohne Majas fantastische Gabe hätte ich jetzt echte Probleme gehabt", begann Jutta, als die drei sich anschließend allein gegenüber saßen. „Es geht ja nicht um eine Tagesfahrt im Bus, sondern um eine Wohngemeinschaft, in der wir uns für eine möglichst lange Zeit gut verstehen wollen. Ich schlage vor, ihr seht euch gleich morgen die Räume an, noch steht der Architekt zur Verfügung und wir können alles, was notwendig ist auch ändern. Die Küche ist sowieso noch nicht fertig, da können das Kochfeld und das Spülbecken noch unterfahrbar gestaltet werden. Für weiteres hast du sicher auch einige Ideen."

Nachdem Andreas genickt hatte, stellte Jutta die entscheidende Frage. „Hat euch Maja von meiner Idee eines Krimiclubs erzählt?" Beide nickten begeistert.

„Das war der wichtigste Grund dafür, mich überhaupt zu bewerben", betonte Andreas. „Da könnte ich eine ganze Reihe von früheren Kollegen einladen und wir hätten die Möglichkeit auch über echte Verbrechen zu diskutieren."

„Oder vielleicht auch eine eigene Geschichte vorzulesen? Das wäre toll, wenn die Zuhörer dann nicht nur interessiert sondern auch sachkundig wären." Anjas Wangen waren vor Eifer rosig angelaufen und ihre blauen Augen strahlten.

„Gut", schloss Jutta das Gespräch ab. „Ihr seht euch morgen alles an und wenn wir uns einig sind, freue ich mich jetzt schon auf gemütliche Nachmittage am Kamin."

„Mit Krimis natürlich", antworteten beide lachend, wie abgesprochen.

Daran dachte Jutta lächelnd, als sie vier Wochen später, an einem verregneten Sonntag Ende April, im Gemeinschaftsraum im Erdgeschoss den Elektrokamin eingeschaltet hatte und Kaffee, Tee und Kakao auf dem kleinen Servierwagen anordnete. Der Kamin war wirklich das Highlight in diesem Bereich. Wer in diese Flammenpracht sah, würde niemals darauf kommen, dass es kein natürliches Feuer war und Wärme gab es trotzdem. Schon der Anblick ließ Jutta zufrieden lächeln.

Inzwischen waren Andreas und Anja eingezogen und im Haus hatte sich nach den ersten kleinen Missverständnissen ein ruhiger Rhythmus eingepegelt. Nachdem jeder sein Appartement eingerichtet und die Küche und die Dusche für Andreas angepasst waren, hatten sie die Aufgaben im Haus zunächst auf Probe verteilt, um ihre Fähigkeiten auszutesten. Anja bereitete das Frühstück vor, während Andreas öfter beim Abendessen brillierte.

Jutta, die sich für eine Niete auf beiden Gebieten hielt, übernahm die Einkäufe und Besorgungen und führte auch die Haushaltskasse. Das lief bisher ohne Probleme, offensichtlich konnten sie gut miteinander klarkommen.

Auch der feste Termin für den Krimiclub wurde gemeinschaftlich beraten.

„Wir könnten es wie im Original bei Agatha Christie an einem Dienstagabend machen, allerdings wäre mir ein Nachmittagstermin lieber", schlug Jutta vor, aber Anja hatte noch eine andere

Idee. „Warum nicht lieber an einem Sonntag? Sonntage sind immer so langweilig, da machen alle auf Familie, aber wir haben ja keine."

„Gab es nicht eine Französin, die gesungen hat, sie hasst Sonntage? Vielleicht hatte sie auch niemanden." Andreas hob die Hand. „Ich stimme auch für den Sonntag, da wird er wenigstens spannend."

„Ihr habt absolut recht", bestätigte Jutta. „Ich fand Sonntage auch immer doof, also lasst uns etwas Tolles daraus machen."

Und heute würde es das erste Treffen des Krimiclubs geben.

Dafür hatte Jutta den Raum vorbereitet und Andreas schnell noch Pollys fantastische Cupcakes aus dem Sommer-Karree besorgt.

Dabei hatte er die Kids gleich im Auto mitgebracht, denn das Wetter war selbst für einen kurzen Spaziergang einfach zu nass und zu stürmisch. Rina und Charlie waren die ersten Gäste im Sonntags-Krimiclub und wurden mit großem Hallo begrüßt.

Rina, mit ihren niedlichen roten Henkelzöpfchen, und Charlie mit den schokoladenbraunen Locken, hatten Jutta bei den Ermittlungen zu den Diebstählen unterstützt, als das Haus noch eine Baustelle war und waren sehr stolz die ersten Gäste zu sein und bei den Kriminalfällen mitraten zu dürfen.

Als weitere Gäste hatte Jutta die Autorin Emilia Richter eingeladen, während Andreas seinen Bekannten Fabian Köster vorschlug, einen ehemaligen Polizisten, der interessante Fälle erlebt hatte und auch Krimis schrieb. So wollten sie auch weiter verfahren, denn der

Krimiclub sollte so abwechslungsreich wie möglich sein. Es sollten echte Fälle diskutiert und Lieblingsbücher empfohlen werden oder auch erste eigene Werke zu hören sein.

Genau deshalb warteten jetzt alle auf die enorm aufgeregte Anja. Heute war ihr großer Tag, an dem sie ihre erste Cosy-Crime-Geschichte um das Rätsel von Schloss Windermere vorstellen würde, die im England der 60-er Jahre spielte. Wahrscheinlich traut sie sich noch nicht aus ihrem Appartement, vermutete Jutta, die ihr vorher noch geholfen hatte, ein passendes Kleid auszuwählen und gegen die Nervosität anzukämpfen.

Endlich kam sie und nahm schüchtern in der Nähe des Kamins Platz. Trotz ihrer Blässe und ihrer feuchten Hände, hatte sie sich jetzt nach außen hin gut im Griff, sah mit wachen blauen Augen in die Runde und begann mit angenehm dunkler Stimme zu lesen:

„Lady Angelica, Countess of Windermere, schaute aus dem Fenster. Unaufhörlich schwebten dicke Schneeflocken vom Himmel, nicht lange und die Landschaft würde wie verzuckert aussehen. Wenn morgen früh die Sonne scheint, wird es glitzern, wie Tausende Diamanten, dachte sie stolz. Wirklich passend zum heutigen Abend, an dem sie ihre jüngste Errungenschaft einem mehr als neidvollen Publikum präsentieren würde, den sagenumwobenen River Star, einen blau-weißen Diamanten. Und er gehörte nur ihr! Seit ihr Mann das Zeitliche gesegnet hatte, gehörte ihre Leidenschaft ausschließlich den Juwelen. Sogar das Kleid mit dem flie-

ßenden langen Rock, das sie heute trug, changierte passend zum River Star auch in blau-weiß und war nur für den heutigen Abend angefertigt worden.

Ein wenig beunruhigt war sie schon, weil sie für diesen Diamanten einige Stücke des Familienschmuckes veräußern musste. Seitdem fürchtete sich das Personal vor der Rache der weißen Frau, die über den Schmuck der Familie wachen würde. Angelica glaubte natürlich nicht an diesen Quatsch, zuckte aber erschrocken zusammen, als gerade eine größere Menge Schnee vom Dach des Nebengebäudes rutschte und mit einem dumpfen Geräusch auf den Boden auftraf.

Das war nur Schnee, beruhigte sie sich. Ein Glück, dass die Gäste für das Dinner und die anschließende Präsentation schon eingetroffen waren. Vorsorglich hatte sie Zimmer herrichten lassen, denn wenn es weiter so stark schneite, würde niemand das Grundstück verlassen können.

Sie schüttelte den Kopf, so viel Schnee schon im November. In dieser verrückten Welt musste man wirklich auf alles gefasst sein oder wer hätte gedacht, dass die Amerikaner einfach ihren Präsidenten erschießen würden?

Sie rümpfte leicht die Nase. Wirklich ein unzivilisiertes Volk! Dann aber wandte sie ihre Gedanken wieder dem heutigen Anlass zu. Die Vorfreude auf die Blicke der anderen, wenn sie den River Star präsentieren würde, ließ sie schmunzeln.

Nun gut, die Viscountess of Sutherland, von der man munkelte,
dass sie eine Tonne wiegen würde oder Miss Allie und Miss Daph-
ne, die beiden alten Jungfern, denen das Herrenhaus in der Nähe
gehörte, hatten sicher weniger Interesse an dem wertvollen Dia-
manten, aber dafür alle anderen um so mehr.

Geoffrey, ihr verschwenderischer Neffe, der bestimmt schon wieder
Schulden angehäuft hatte und bereits auf ihr Erbe lauerte, wäre
bestimmt nicht abgeneigt. Ebenso Mister Wesby, von dem sie wenig
wusste. Schon zu Lebzeiten ihres Mannes hatte er sich auf dem
Schloss eingenistet, angeblich, um die Familienchronik zu führen.
Bei Mister Svarowsky, einem exzentrischen, amerikanischen Samm-
ler, war zu vermuten, dass er sich bestimmt noch ärgerte, weil sie
beim Kauf dieses Juwels schneller war als er. Sie lächelte, als sie
an sein verdutztes Gesicht dachte.

Allerdings verschwand das Lächeln sehr schnell, als sie sich an
den nächsten Gast erinnerte, ihre Lieblingsfeindin Lady Cecily,
Countess of Wellington, die eigentlich alles darauf gesetzt hatte,
Duchesse zu werden.

Bloß gut, dass der Duke of Winsforth noch rechtzeitig gestorben
war. Nicht auszudenken, wenn diese gewöhnliche Person, die be-
reits drei Adlige unter die Erde gebracht hatte, gesellschaftlich
über ihr gestanden hätte! Sie versuchte schon seit dem letzten Jahr,
bei jedem größeren Anlass, Lady Angelica modisch oder mit ihrem
Schmuck auszustechen. Aber nicht heute, gelobte sie sich, als sie

den blau-weißen Diamanten in den Glaskasten in ihrem Kabinett legte und sorgfältig abschloss. Nachdem der Gong ertönte, trat sie in den Vorraum, um die Gäste zu begrüßen.

Zunächst waren nur zwei der Herren und die beiden alten Damen erschienen, dann schwebte Lady Cecily, frisch frisiert und etwas außer Atem in königblauem Brokat herein und zeigte stolz ihre Wespentaille. Erst zum Schluss kamen der Neffe und Lady Imogen, die Viscountess of Sutherland, die ihre Körperfülle in scharlachroten Samt gezwängt hatte, etwas schnaufend zu ihnen.

Nachdem alle Gäste im Speisezimmer Platz genommen hatten, ließ Lady Angelica das Dinner servieren, das etwas ungewöhnlich war, denn neben den üblichen erlesenen Speisen, gab es auch das Lieblingsessen ihres verstorbenen Mannes. Dazu wurden einheimischer Cider und Weine aus den amerikanischen Kolonien gereicht, wie Lady Angelica mit einem maliziösen Lächeln ankündigte.

Bei der angeregten Unterhaltung, die während des achtgängigen Dinners ganz zwanglos aufkam, gab es bedauerlicherweise einige Misstöne.

Es störte sie sehr, dass Geoffrey ausgerechnet heute, jedem mit seinem riesigen Diamantring vor den Augen herumfuchtelte. Aber das war lange nicht so schlimm, wie dieses schamlose Weib, wütete Lady Angelica im Stillen und lächelt mit zusammengebissenen Zähnen. Nicht nur, dass ihr Dekolleté tiefer war als das Niveau der Streitgespräche im Unterhaus, sie trug auch noch eine Gips-

Bandage an der rechten Hand und bedurfte beim Essen der Hilfe durch ihre Tischherren, die sie reichlich kokett und mit viel Aufsehen in Anspruch nahm.

Bevor man sich nach dem Dinner zu Kartenspielen und Gesprächen in den Salon zurückzog, geleitete Lady Angelica ihre Gäste zum Kabinett.

Lächelnd öffnete sie die Tür und schaltete das Licht ein, um Sekunden danach mit einem Entsetzensschrei fast zusammen zu brechen.

Die Gentleman, die ihr zu Hilfe eilen wollten, schüttelte sie unwillig ab, um sprachlos auf den zersplitterten Glaskasten zu starren.

Der wertvolle River Star war verschwunden! Man hatte ihren Diamanten gestohlen, aus einem verschlossenen Raum! Wie konnte das sein?

Dann kam wieder Leben in sie. „James", rief sie nach ihrem Butler, „rufen Sie sofort die Polizei. Ich brauche Scotland Yard, noch heute Nacht!"

Der schon betagte Butler schlurfte näher. „Bedaure Mylady, das Telefon ist tot. Vermutlich ist die Leitung durch den Schnee gerissen oder es ist das Werk der weißen Frau."

Lady Angelica schnappte etwas undamenhaft nach Luft. „Dann fahren Sie zur nächsten Polizeiwache, irgendetwas muss doch möglich sein."

Wieder wand sich der Butler, als fürchtete er sich vor ihrer Reaktion. „Bedaure Mylady, wir sind eingeschneit. Niemand kann in den nächsten Stunden das Grundstück verlassen."

Lady Angelica war kurz davor, in Tränen auszubrechen, als die beiden unscheinbaren Damen, Miss Allie und Miss Daphne, zu ihr traten und sie zur Seite geleiteten, damit niemand ihrem Gespräch folgen konnte. „Es könnte auch von Vorteil sein, wenn niemand das Grundstück verlassen kann. Denn derjenige oder diejenige, die den Diamanten an sich genommen haben, können auch nicht verschwinden."

Nach der Eröffnung durch Miss Allie setzte Miss Daphne leise fort. „Wir sind beide große Verehrerinnen von Miss Marple und mit ihrer Methodik gut vertraut, ich denke, wir haben auch dieses feine Gespür für das Böse."

„Und wenn Sie uns freie Hand lassen", setzte wieder Miss Allie fort, „werden wir das Rätsel von Schloss Windermere gelöst haben, ehe die Wege frei sind."

Lady Angelica sah die beiden etwas ungläubig an, aber Miss Daphne strich ihr beruhigend über die Schultern. „Behalten Sie einfach Ihre Contenance, aber sorgen Sie bitte dafür, dass in der nächsten Stunde niemand den Salon verlässt. Den Rest überlassen Sie uns."

Während die Gäste im Salon Platz nahmen und sich durch das Vorkommnis lediglich weniger gelangweilt als sonst unterhielten, betraten die beiden Damen, die auf die Achtzig zugingen und als Zwillinge immer einen besonderen Draht zueinander hatten, das

Kabinett, in dem noch andere Preziosen auf Beachtung warteten. Miss Daphne ließ ihre Blicke prüfend durch den Raum wandern, strich eine verirrte silbergraue Haarsträhne in ihren Dutt zurück und sah ihre Schwester vorwurfsvoll an. „Das soll das Rätsel von Schloss Windermere sein? Ich hätte wirklich die weiße Frau bevorzugt, denn die arme Lady hat einfach keine Ahnung, oder? Der Earl war schon immer ein schlimmer Junge, aber darüber hätte er seine Frau aufklären sollen. "

Mit geübtem Griff hatte Miss Daphne, die kleine Erhöhung am Kaminsims gedrückt und lautlos die verborgene Geheimtür geöffnet. „Hier haben wir schon als Kinder gespielt. " Sie lächelte versonnen, während Miss Allie bereits überlegte.

„Wenn ich mich richtig erinnere, führt der Gang zur gelben Suite und zur blauen. "

Sie huschte hinaus und kehrte nach kurzer Zeit zurück. „War das schon immer so eng? Man muss schon sehr schlank sein, um hier durchzukommen. Den Kleidern nach, die in den Räumen liegen, benutzt Lady Imogen die gelbe Suite und Lady Cecily die blaue. "

„Das macht beide verdächtig, aber man kann auch vom Flur aus über die Räume der beiden in den Geheimgang gelangen. Damit ist alles wieder offen", gab Miss Daphne zu bedenken.

„Was wir jetzt brauchen, sind klare Fakten. Wer war wann wo und vor allem, wer hat ein Motiv? "

„Richtig", stimmte ihr Miss Allie zu. „Wir müssen noch einmal mit

Lady Angelica sprechen."

Die fiel aus allen Wolken, als sie ihr die Überraschung demonstrierten. „Ein Geheimgang? Niemand hat mir davon erzählt! Ich würde doch niemals meine wertvollen Stücke in einem Raum aufbewahren, zu dem andere Zugang haben."

„Das ist genau das Problem", überlegte Miss Allie laut. „Wer kann von diesem Geheimgang gewusst haben? Wir kennen ihn, weil wir als Kinder schon hier gespielt haben, aber wer von Ihren Gästen könnte auch etwas davon wissen?"

Lady Angelica runzelte die Stirn, aber nur leicht, damit sie glatt blieb. „Geoffrey, mein Neffe, war schon öfter hier, er könnte den Gang zufällig entdeckt haben. Und ganz sicher braucht er Geld, denn er hat schon häufig Dinge entwendet, wahrscheinlich um Schulden zu tilgen."

Während sich Miss Daphne Notizen machte, überlegte die Lady weiter. „Mr. Wesby arbeitet meist in der Bibliothek. Glauben Sie, dass es dort vielleicht Pläne vom Haus und dem Gang gibt?"

„Darum werden wir uns nachher kümmern", versprach Miss Allie sofort, während Lady Angelica fortsetzte.

„Lady Imogen war schon oft hier, auch bevor ich den lieben Freddy geheiratet habe, aber der Amerikaner hat dieses Haus noch nie betreten. Und auch Lady Cecily nicht."

Miss Allie nickte, obwohl sie das anders in Erinnerung hatte.

Sie war Lady Cecily am Nachmittag nach ihrer Ankunft vor dem

großen Glasmosaikfenster begegnet. Obwohl ihre Frisur noch et-
was derangiert von dem nassen Schnee war, hatte sie die Hilfe von
Miss Allies Zofe abgelehnt. Sie schien sehr beeindruckt von diesem
Fenster, als aber Miss Allie den Kunstgeschmack der Hausherrin
lobte, hatte Lady Cecily behauptet, das Fenster habe der Earl für
sie anfertigen lassen und sie sei sehr gerührt gewesen, als sie es
zum ersten Mal gesehen hatte. Also musste sie doch schon mal hier
gewesen sein? Oder hatte sie da etwas verwechselt?

Sie konzentrierte sich wieder auf Lady Angelica, die fortfuhr:

„Wenn es nach mir ginge, hätte ich diese Person niemals eingela-
den. Aber seit ihrer letzten Heirat gehört sie zur Familie und ich
musste daher die Etikette einhalten.“

Sie seufzte bei den letzten Worten, während Miss Daphne verständ-
nisvoll nickte.

„Ich erinnere mich. Sie hat einige unschöne Dinge getan, damals,
als Sie schon mit dem Earl verlobt waren.“

Bevor es melodramatisch wurde, unterbrach Miss Allie, die die
Notizen ihrer Schwester überflogen hatte, die Stille.

„Wir brauchen noch den zeitlichen Ablauf, vielleicht können wir
unsere Erinnerungen vergleichen. Als Sie das Kabinett abgeschlos-
sen hatten und in die Halle traten, wer war zuerst da?“

„Da standen die Herren, aber ob es wirklich alle drei waren, dar-
an erinnere ich mich nicht so genau, dann kamen Sie beide, danach
Lady Cecily und zum Schluss Lady Imogen. Bis alle da waren,

*könnte es mehr als fünf Minuten gedauert haben, vielleicht auch
etwas länger. Sie wissen, Lady Imogen ist nicht die Schnellste."*
*„Ja, stimmt", bestätigte Miss Allie, „aber der langsamste war
Geoffrey, obwohl er doch jung und schlank ist."*
*Als die beiden Hobby-Detektivinnen anschließend ihre Erkenntnis-
se überprüften, gab es immer noch einige Unbekannte. „Ich habe
vorhin die Zeit gestoppt. Fünf Minuten würden schon reichen, um
von den oberen Räumen ins Kabinett zu gelangen und sogar zu-
rück."*
*„Aber jemand müsste auch ein Werkzeug haben, um das Glas zu
zerschneiden oder zu zerschlagen", wandte Miss Daphne ein.*
*„Stimmt", reagierte Miss Allie leicht betroffen. „Im Gang lag aber
keinerlei Werkzeug, weder ein Hammer noch ein Glasschneider.
Also machen wir weiter, ich in der Bibliothek und du..."*
„Ich gehe in die Küche." Miss Daphne lächelte erwartungsvoll.
*„Nichts ist für eine Ermittlung so ergiebig, wie ein wenig Klatsch
und Tratsch der Dienerschaft."*
*Als beide nach einer halben Stunde in das Kabinett zurückkehrten,
waren sie schon etwas klüger. Miss Allie hatte in der Bibliothek
Baupläne des Hauses entdeckt, die auch den Geheimgang enthiel-
ten und Miss Daphne hatte von der Köchin, die dort kochte seit
Gott ein kleiner Junge war, erfahren, dass der Earl früher* für seine
*Affären einen geheimen Treffpunkt hatte, von dem seine strenge
Mutter nichts wusste. Als Allie daraufhin den Geheimgang erneut*

prüfte und mit einer der Zofen sprach, entdeckte sie sogar einen
Weg, der ein Stockwerk tiefer nach außen führte.
Jetzt hatten sie einige neue Erkenntnisse, die Miss Allie zusammen-
fasste. „Ein Motiv, den River Star zu stehlen, hat vermutlich jeder.
Geoffrey hat Schulden wie ein Major und auch die Viscountess
pfeift aus dem letzten Loch, ihr Gut soll gepfändet werden.
Mr. Wesby besitzt noch weniger, er ist ein armer Verwandter, der
hier durchgefüttert wird.“
„Aber der Amerikaner ist doch reich, ihn können wir ausschlie-
ßen“, überlegte Miss Daphne.
„Keineswegs“, widersprach ihre Schwester. „Vergiss nicht den
Konkurrenzneid und Neid dürfte auch das Schlüsselwort für Lady
Cecily sein, obwohl da auch von Geldproblemen gemunkelt wird.“
„Also haben alle ein Motiv“, bestätigte Miss Daphne. „Aber hatten
auch alle die Möglichkeit und die Gelegenheit?“
Ihre Schwester starrte sie nach dieser Frage fast entgeistert an,
überlegte kurz und strahlte dann über das gesamte Gesicht.
„Jetzt ist alles klar! Ich weiß, wer den Diamanten genommen hat.“

Nach einem Moment der Stille sah Anja ihre Zuhörer der Reihe
nach an. „Wer es auch weiß, der sollte seine Verdächtigen, Mann
oder Frau auf einen der Notizzettel, die ich ausgelegt habe, schreiben und danach können wir darüber reden.“
Nachdem sich alle festgelegt und ihre Notizen abgegeben hatten,

schaute sie auffordernd in die Runde. Als erster meldete sich Charlie. „Für mich gibt es zurzeit noch mehrere Verdächtige, deshalb versuche ich auszuschließen. Also die dicke Frau ist raus, denn wenn sie eine Tonne wiegen sollte, wäre sie im Geheimgang stecken geblieben."

Rina kicherte, hielt sich aber mit Verdächtigungen noch zurück.

„Wenn wir schon beim Ausschlussverfahren sind", überlegte Andreas, „dann fallen definitiv auch Mr. Wesby und der Amerikaner heraus. Schließlich waren sie früher da, als alle anderen und hätten zeitlich gar nicht die Möglichkeit gehabt."

„Aber was ist mit der Lady in Blau?" Fabian hatte sich einiges notiert. „Sie war doch offensichtlich schon mal im Haus oder die alte Dame hat wirklich etwas durcheinandergebracht? Trotzdem ist sie für mich verdächtig, denn Neid ist ein starkes Motiv. Allerdings ist mir nicht klar, wie sie es gemacht haben sollte, mit dem Gipsverband. Allein die Zeit, die Frauen für die Garderobe brauchen…"

„Also Männer sind da auch nicht wesentlich schneller", wandte Jutta ein. „Aber zurück zur Geschichte. Für mich ist Geoffrey am meisten verdächtig. Er hat ein Motiv, nämlich Geldprobleme, er könnte auch die Gelegenheit gehabt haben. Denn falls er den Geheimgang kannte, wäre er schlank genug durchzuschlüpfen. Und er hatte auch die Mittel, um an den River Star zu kommen, schließlich kann ein Diamantring Glas problemlos schneiden."

„Aber es war ja nicht geschnitten, sondern zerschlagen", wandte

Emilia Richter ein. „Und wenn Geoffrey so viele Geldprobleme hatte, dann war der Diamant vermutlich gar nicht echt. Ob der dann noch schneidet, weiß ich nicht. Damit sind wir wieder am Anfang."

Fast alle nickten und schauten fragend zu Anja, aber die lächelte nur geheimnisvoll und verglich die Notizen auf den Zetteln.

Dann wandte sie sich an Rina, die mit ihrem Strickzeug, fast wie Miss Marple, neben dem Kamin saß und grinste.

„Du hast eine andere Vermutung?"

„Ja, aber nur weil sich eine von Mamis Freundinnen letztes Jahr das rechte Handgelenk gebrochen hatte. Mit dem Gipsverband brauchte sie immer jemanden, der ihr die Haare machte und diese Cecily hat beim Frisieren die Hilfe einer Zofe abgelehnt, war aber frisch frisiert und ist mit dem Gipsarm auch noch alleine in ihr enges Kleid geschlüpft. Das kann nur gelogen sein! Wahrscheinlich hat sie den Verband erst als Hammer und dann als Tresor benutzt und da steckt der Diamant noch."

„Das hast du wirklich gut erkannt." Anja war ganz gerührt. „Es war zwar klug eingefädelt, aber nicht klug genug. Miss Marple hätte gesagt, wenn man weiß, wie die Leute ticken, kann man alles heraus finden. Auch das Rätsel von Schloss Windermere."

„Aber es ist wirklich schade, dass die weiße Frau nicht aufgetaucht ist", rief Charlie.

„Du willst dich bloß wieder gruseln", lachte Rina. „Du fühlst dich erst wohl, *wenn man die Spinnweben an den Wänden klappern hört, wie Hufeisen*, hätte Flavia gesagt."

„Nein, darum ging es nicht", widersprach Charlie. „Die weiße Frau hätte doch diese Cecily ein bisschen schubsen können, dass der Gips zerbricht und jeder sieht, dass sie gestohlen hat. Dann wäre sie richtig blamiert gewesen!"

„So hätte es wirklich sein müssen. Nur leider", seufzte Jutta, „gibt es ja solche Geister, die selbst für Gerechtigkeit sorgen, nicht wirklich."

„Da wäre ich nicht so sicher", meldete sich Fabian Köster. „Ich habe so etwas schon einmal selbst erlebt."

„Einen richtig echten Geist? Cool!" Beide Kids waren aufgestanden und warteten mit großen Augen darauf, wie die Geschichte weitergehen würde.

„Ganz so, wie ihr euch das vorstellt, war das nicht. Ich habe keinen Geist gesehen oder gehört, aber ich habe etwas wahrgenommen und eine weiße Frau war auch dabei. Ich glaube, das muss ich im Zusammenhang erklären."

Er nahm noch einen Schluck von seinem Kaffee und sah prüfend in die Gesichter der Zuhörer.

„Darüber habe ich noch nie gesprochen, aber ich glaube, dass es in diese Runde passt. Wir wurden vor vielen Jahren in ein Haus gerufen, weil eine Frau eine Treppe hinuntergestürzt war. Angerufen hatte die Schwester der Toten, die ein Verbrechen befürchtete. Ich kannte die Adresse schon, weil wir schon mehrfach wegen häuslicher Gewalt dorthin gerufen wurden.

Als wir ankamen lag eine junge Frau am Fuß einer großen Treppe, die in die oberen Etagen führte. Ihr Kopf war so eigenartig seitlich gedreht, dass uns als Laien schon klar wurde, das Genick war gebrochen. Der Ehemann, ein ziemlich bulliger Typ, den wir befragten behauptete, seine Ehefrau habe Angst vor der weißen Frau gehabt, die im Haus spuken würde und sei deshalb rücklings die Treppe hinunter gestürzt, während er in einem der oberen Zimmer gewesen sei. Die Schwester der Frau schien ihm ständig widersprechen zu wollen, nahm sich aber zurück und zeigte nur demonstrativ auf die zahllosen Hämatome, die sich über die Arme und den Kopf der jungen Frau zogen. Nachdem die Mediziner den Körper mitgenommen hatten, stieg ich langsam die Stufen nach oben, um eine Vorstellung zu bekommen, von welcher Höhe sie gestürzt war.

Ich war ungefähr fünf Stufen gegangen, als ich plötzlich das Gefühl hatte, irgendetwas würde mich umfangen oder in mich eindringen. Es war kein unangenehmes Gefühl, aber ein sehr dominantes, als ob jemand Besitz von mir ergreifen würde. Gleichzeitig sah ich vor meinem inneren Auge, wie der starke Mann die zarte, junge Frau mit beiden Armen und voller Kraft die Treppe hinunterstieß.

Einen Moment später war alles vorbei, aber irgendwie wusste ich jetzt mit Sicherheit, dass er der Täter war.

Meine Kollegin, die ganz blass geworden war, beichtete mir später, sie habe etwas Weißes durch meinen Körper ziehen sehen und fürchterliche Angst bekommen. Natürlich war es uns beiden zu peinlich, mit anderen darüber zu sprechen, denn wer würde sich in einem Polizeibericht auf Informationen eines Geistes berufen oder was immer das war. Wir haben alles versucht, dem Mann die Tat nachzuweisen, aber er hat ein Telefongespräch als Alibi genutzt, das in dieser Zeit lief. Natürlich hätte er trotz allem die Tat begehen können, aber wir hatten einfach zu wenige Indizien für eine Festnahme.

Ungefähr sechs Wochen später wurden wir wieder zu diesem Haus gerufen. Diesmal lag der bullige Typ am Ende der Treppe.

Zwei Männer, die gerade bei ihm waren, hatten angerufen und konnten sich die Sache nicht erklären. *„Wir haben uns ganz normal über Fußballer-Karten unterhalten und er sagt, er habe oben noch Spieler, die selten zu finden seien und wollte sie holen.*

Plötzlich schrie er oben auf der Treppe etwas von einer weißen Frau und wich zurück, ohne auf die Treppe zu achten. Er ist von ganz oben bis nach unten gekracht, als ob ihn jemand gestoßen hätte, aber wir waren es nicht."

Und so hatte offensichtlich ein Geist die Gerechtigkeit wieder hergestellt, aber leider habe ich diese ganz besondere weiße Frau nie gesehen, obwohl es mich doch sehr interessiert hätte."

Damit schloss Fabian seine Geschichte und sah sich schmunzelnd um.

„Ich hätte sie auch gerne gesehen", rief Charlie. „Als sie letztes

Jahr bei uns in der Ritterburg Spuk gemacht haben, war ich leider eingeschlafen."

„Ich habe auch schon mal eine solche Erscheinung, eine weiße Gestalt, gesehen", meldete sich Emilia Richter. „Allerdings ist das sehr lange her, aber etwas, das man nie vergisst. Und es ist auch ein wenig gruselig."

„Dann müssen wir das unbedingt hören", entschied Jutta, „sonst können die Kids heute nicht nach Hause gehen."

Die grinsten nur und setzten sich erwartungsvoll näher, um nichts zu verpassen. Als Emilia eine ähnliche Erwartungshaltung bei den anderen bemerkte, räusperte sie sich kurz und lehnte sich bequem zurück, während der Wind passend zum Geisterthema um das Haus heulte.

„Als Studentin habe ich nicht im Internat gewohnt, sondern mit einer Freundin im Haus einer alten Dame. So hatten wir ein wenig mehr Freiheit als die anderen Studenten, obwohl wir in diesem Haus auch alles selbst sauber halten mussten. Und es war ein wirklich altes Haus. Früher gehörte es einer Frau, die alle Männer in ihrem Leben verloren hatte. Ihr Vater war frühzeitig verstorben, ihr Mann verunglückte und ihre Söhne starben bei einer Epidemie. Viele wären bei diesem Schicksal zusammengebrochen, aber diese Frau hatte vermutlich ein Rückgrat aus Stahl. Mit eiserner Hand hielt sie das Haus und auch das Familiengeschäft zusammen, bis es später eine Großnichte übernehmen konnte. Und selbst als sie tot war, erzählte man sich noch, dass sie über das Haus wachen würde. Mich gruselte es immer ein wenig, wenn darüber geredet wurde, denn im Erdgeschoss hing ein großes Porträt von ihr und diese Frau sah jeden so direkt und so prüfend an, als wüsste sie alles oder könnte sofort herausfinden, wer Böses wollte.

Eines Abends waren meine Freundin und ich allein im Haus, wir hatten noch lange für ein wichtiges Seminar gelernt. Ich war demzufolge hundemüde, aber konnte einfach nicht einschlafen. So überdreht wie ich war, hörte ich natürlich jedes Knacken und in so einem alten Haus kam das häufig vor. Vor Geistern fürchtete ich mich nicht, aber vor etwas anderem. In dieser Zeit wurde die Gegend von einem Mann terrorisiert, den die Zeitungen *Der Schrecken der Nacht* nannten. Er tauchte ganz plötzlich maskiert im Schlafzimmer von jungen Frauen auf und schien sich an ihren panischen Schreien zu ergötzen. Meist verschwand er dann einfach wieder. Aber auch das wusste niemand hundertprozentig. Wir studierten Psychologie und wussten daher besser einzuschätzen, dass sich aus einer Marotte auch schnell etwas Krankhaftes und Gefährliches entwickeln konnte.

Ich lag also und lauschte angstvoll auf unerwartete Geräusche, als ich plötzlich hörte, wie sich jemand an der Haustür zu schaffen machte. Erst kratzte es ganz leise, dann hörte ich ein scharfes Klicken. Sofort sprang ich aus meinem Bett und schob schnell den schweren Schreibtisch vor die Zimmertür. Dann weckte ich meine

Freundin und wir stiegen beide zitternd vor Angst auf den Schreibtisch. Es war hilfreich, dass die Türen früher ein Oberlicht hatten,
das ist eine kleine Glasscheibe, durch die wir vorsichtig lugten, um
mitzubekommen, was im Flur passierte. Wir waren kaum oben, als
sich die Haustür langsam öffnete.

Da der Mondschein durch das Flurfenster fiel, konnten wir die
Figur des Mannes sehr deutlich sehen, allerdings nicht sein Gesicht, da er schon maskiert war.

Er sah sich witternd um, offensichtlich wusste er nichts Genaues
über die Raumaufteilung. Nachdem er suchend zwei Türen im Erdgeschoss geöffnet hatte, schloss er sie wieder und kam dann direkt
auf uns zu. Wir hielten beide schon angstvoll den Atem an, als sich
der Mann plötzlich zur Seite drehte und das Porträt der Frau ans-
tarrte. Und dann geschah etwas, was ich nie vergessen werde.

Vor unseren Augen entwickelte sich ein Gebilde wie aus weißem
Rauch, wie ein Schleier, ganz leicht, wie durchsichtig, bis man die
Umrisse einer Frau erkennen konnte. Ich sah das Ganze nur von der
Seite, spürte aber einen Druck, wie von einem starken Windstoß.
Außerdem war da noch dieses sonderbare Geräusch, nicht wie ein
Heulen, es war eher ein Sirren, aber es hörte sich gefährlich an. Wir
waren schon wieder vor Angst wie erstarrt, sahen dann aber er-
leichtert, dass dieses Gebilde, diese weiße Frau, an uns vorüber, auf
den Mann zuschwebte. Der stand die ganze Zeit vermutlich vor
Schreck so still, als könne er sich nicht mehr bewegen, ich schätze,

dass ihm auch die Haare zu Berge standen. Dann schrie er plötzlich auf wie ein wildes Tier, das auf seinen schlimmsten Feind getroffen ist und stürzte zur Tür hinaus. Seitdem hat man nie wieder etwas vom *Schrecken der Nacht* gehört. Mir war es immer egal, ob es eine Luftspiegelung oder etwas anderes gewesen sein könnte, ich war einfach dankbar für die Rettung und den Schutz durch diese weiße Frau."

„Und hat sie auch geschrien?" Charlie wollte es genau wissen und auch Rina hatte darauf gewartet.

„Das hat sie nicht. Vielleicht habe ich auch nicht alles gehört. Wie kommst du auf diese Idee?"

„Tante Jutta hat mit dem Trick der weißen Frau ganz fiese Einbrecher verjagt und dabei geschrien. Und das wollte sie uns schon lange zeigen." Rina hatte ihr Strickzeug verlassen und sich neben Charlie gestellt. Beide sahen Jutta neugierig an, obwohl die sich noch etwas zierte.

Als aber auch die anderen um eine Vorführung baten, ging sie schließlich doch in den Flur, um sich entsprechend vorzubereiten. Nach kurzer Zeit winkte sie Anja zu sich um sie zu instruieren. Die löschte dann das Licht und der Raum bekam durch die düsteren Regenwolken eine fast gruselige Stimmung, vor allem auch weil der Wind immer noch dramatisch um das Haus heulte.

Als Anja dann die große Doppeltür zum ebenfalls dunklen Flur öffnete, sah man zunächst nur den dünnen silbrigen Lichtstrahl der

sich in Wellen über den Boden schlängelte, ihm folgte dicker weißer Nebel, der die Beine der Anwesenden einhüllte.

Erst dann entwickelte sich ganz langsam ein leichter weißer
Schleier, der sich mehr und mehr zu einer Frauenfigur verdichtete.

Noch wusste keiner, was jetzt passieren würde, daher zuckten einige doch heftig zusammen, als Jutta ihren fürchterlichen Schrei los-
ließ. Dann zog sie schnell ihre geheimnisvolle Apparatur zurück
und Anja schaltete das Licht wieder ein.

Am meisten begeistert waren die Kinder. „Das war echt Spitze",
jubelte Charlie. „Da wäre vielleicht sogar mein Snoopie geflohen."

„Und der Schrei war am besten", behauptete Rina. „Er klang wie
die Stimmen von Verdammten. Das hätte Grannie Lea gesagt."

Jutta, die Lea Sommer bereits bei ihrem Hotelaufenthalt kennen
gelernt hatte, grinste vergnügt. „Wir werden bestimmt noch mehr
tolle Sachen machen, bring doch deine Grannie einfach mal mit.
Miss-Marple-Kennerinnen sind uns immer willkommen. Aber erwartet nicht, dass ich die weiße Frau noch einmal spiele."

Rätselhafter Schwund bei „Mutter Schulze"

Jutta Keller sah aus dem Fenster in ihren wunderschönen Garten. Der Kirschbaum war schon fast abgeblüht, aber die Apfelbäume breiteten erst jetzt ihre schneeweiße Blütenpracht aus, an der sie sich einfach nicht sattsehen konnte.

Auf ihren vielen Reisen hatte sie schon häufig Baumblüten erlebt, besonders gerne erinnerte sie sich an den überwältigenden Anblick der blühenden Kirschbäume in Japan, aber der Blick auf den eigenen Garten war durch nichts zu toppen.

Als sie damals im Winter dieses Haus auswählte, hatte sie zwar gleich ein gutes Gefühl gehabt, aber nichts hatte sie darauf vorbereitet wie es war, wirklich mitten in der Natur zu leben.

Auf der anderen Seite des Grundstücks hinter einer dichten Hecke, hatte sie schon einige Beete für Gemüse und Kräuter vorbereitet, die ersten Pflanzen gesetzt und sogar ein Frühbeet erstanden, was für sie als überzeugte Städterin eine wirklich große Herausforderung bedeutete.

Anja und Andreas, ihre Mitbewohner, halfen immer fleißig mit, auch wenn sie noch weniger Ahnung von der Gartenarbeit hatten als sie. Irgendwie hatte sie einfach großes Glück gehabt, gerade auf zwei so sympathische Menschen zu treffen. Obwohl ihre 3er-WG nun schon länger als einen Monat bestand, verlief immer noch alles sehr harmonisch und vor allem ruhiger, als sie es sich je vorgestellt hatte. Sie konnten sich sehr gut miteinander unterhalten oder auch miteinander lachen und hielten es ebenso aus, wenn jemand eine absolut andere Meinung hatte.

Jutta musste lächeln, als sie an die gestrige Diskussion mit Anja dachte. Sie regte sich gerne über die unmöglichen Anforderungen der Gendersprache auf, während Anja durch ihre Arbeit im Kulturamt daran gewöhnt war und es eher gelassen nahm. In ihren Geschichten lehnte sie das Gendern auch ab, weil es den Spaß am Krimi verdarb, aber sonst konnte sie damit leben.

Jutta konnte das nicht. „Ich verstehe einfach nicht, wieso der Plural eines Begriffes immer nur als generisches Maskulinum gedeutet wird und nicht einfach als Mehrzahl. Wenn ich früher etwas für Touristen plante, dann dachte ich an Frauen und Männer, auf jeden Fall an viele."

Anja zuckte nur mit den Schultern und hörte ihr bei ihren Erklärungsversuchen aufmerksam zu.

„Wieso denken diese Sprachdeuterinnen bei dem gleichen Wort nur an Männer? Haben Sie möglicherweise irgendeinen Nachholebedarf, weil sie so auf Männer fixiert sind?"

Jetzt lachte Anja amüsiert auf. „So habe ich das noch nicht gesehen. Aber das wäre eine Erklärung."

Bei so viel Toleranz und Harmonie machte es Jutta auch keinen Spaß mehr, sich weiter zu echauffieren und sie hatte sich lieber wieder mit ihren Krimis befasst.

Ein Appartement war noch immer leer, da sich keine weitere Inter-
essentin gefunden hatte, die zu ihnen passte, aber Jutta war überzeugt, dass Majas Kontaktbörse das auch noch schaffen würde.

Manchmal dachte sie noch an ihre Freundin Anette, mit der sie
eigentlich die WG gründen wollte, bedauerlicherweise hatte sie
sich nie wieder gemeldet. Vielleicht verlief das Abenteuer mit dem
viel jüngeren Jannik doch besser als vermutet, obwohl Jutta daran
einfach nicht glauben konnte. Schließlich hatte sie eine wirklich
gute Spürnase für kriminelle Energie und die auch schon einige
Male bewiesen.

Auch heute würde sie die natürlich wieder brauchen, denn am
Sonntag traf sich wie immer ihr Krimiclub.

Die bisherigen Treffen waren sehr erfolgreich und vor allem für die
Zuhörenden spannend gewesen. Mittlerweile hatte sich ihre Aktion
sogar in der Südstadt herumgesprochen und obwohl sie eigentlich
nur ungelöste Probleme am Kamin diskutieren wollten, kamen jetzt
sogar echte Fälle auf sie zu. Anscheinend fanden viele, dass ihre
Tipps gegen Kriminelle gar nicht schlecht waren und dass sie es
durchaus schaffen könnten, auch Fälle im wirklichen Leben aufzuklären.

Vor kurzen hatte Sandra Fischer angerufen und sie um Hilfe gebeten. Jutta hatte Sandra aus ihrer Zeit in einem großen Reisekonzern
in guter Erinnerung: als eine kleine grazile Frau mit dem Aussehen
einer Elfe, aber dem Temperament eines Teufels. Eigentlich war

das die Beschreibung ihres Mannes, mit der er sie damals vorgestellt hatte. Beide führten gemeinsam ein Restaurant der gehobenen Mittelklasse, das sich auf neue deutsche Küche spezialisiert hatte. Jutta mochte ihre Art zu kochen sehr und hatte das Restaurant ihren Gästen oft ans Herz gelegt, weil sie es auch mit gutem Gewissen empfehlen konnte. Otto, Sandras Mann, war ein begnadeter Koch, der mit seiner exzellenten Küche das „Mutter Schulze" weit über die Stadt hinaus bekannt gemacht hatte, während Sandra ein Händchen für Marketing und Dekoration hatte und mit ihren Ideen sogar große Häuser alt aussehen ließ.

Wie sie ihr jetzt am Telefon erklärt hatte, war Otto ganz plötzlich verstorben. Sandra musste neben allen anderen Schwierigkeiten einen neuen Koch einstellen und mit dem fingen die Probleme an. Welche genau wollte sie am Telefon nicht mitteilen, sondern nur direkt.

Das würde wirklich spannend werden, dachte Jutta, als sie nach der Dusche zum Frühstückstisch eilte, an dem ihre Mitbewohnerin Anja schon die unterschiedlichen Müslivarianten für alle vorbereitet hatte.

Jutta bedankte sich wie immer für die Mühe, aber Anja lächelte nur und schob verlegen ihre honigblonden Haare hinter die Ohren. Ihr war es sichtlich unangenehm wenn sich jemand dafür bei ihr bedankte, denn sie hatte es nach der Scheidung und dem Auszug der Kinder immer vermisst für andere zu sorgen und blühte damit jetzt richtig auf. „Ich bin schon so gespannt auf heute Nachmittag. Glaubst du, dass es eine echte Ermittlung geben wird?" Sie sah Jutta fragend an, während sie das Geschirr noch einmal auf dem runden Esstisch so verschob, dass es besser aussah.

„Ich könnte es mir gut vorstellen." Jutta lehnte sich bequem zurück, um auf Andreas zu warten. „So wie ich Sandra kenne, wird sie nicht lockerlassen, bis das Ganze aufgeklärt ist. Schließlich geht es nicht um irgendeine kleine Stampe, sondern um ein Spitzenrestaurant."

„Aber warum hat sie die Polizei nicht eingeschaltet?"

Jutta zuckte mit den Schultern. „Das weiß ich nicht, aber ich könnte mir vorstellen, dass es für den Ruf eines solchen Restaurants nicht gerade förderlich ist, wenn die Polizei kommt. Vermutlich muss das alles viel diffiziler behandelt werden, aber das wird sie uns bestimmt erklären."

„Übrigens hat Emilia Richter angerufen." Anja schaute auf die Notiz neben dem Telefon. „Sie geht schon früher als vorgesehen auf Lesereise und verabschiedet sich bis zum Herbst. So etwas wünsche ich mir auch."

„Kommt bestimmt noch", tröstete Jutta. „Lösen wir erst mal den aktuellen Fall."

Der hatte für den Nachmittag wieder viele Zuhörer oder Mitstreiter angezogen, obwohl draußen das schönste Frühlingswetter ins Freie lockte.

Als erste erschienen wie immer die Kids der Sommer-Familie, Rina mit den rotblonden Henkelzöpfchen wie immer mit einem Strickzeug und Charlie Braun in einem neuen gelben Shirt, mit seinem Laptop, aber ohne seinen Hund Snoopie, den er sonntags immer bei Oma Valerie lassen musste.

Gemeinsam mit den Kindern kam ihre Grannie Lea Sommer, die Küchenchefin des Event-Hotels, auf deren Beitrag Jutta schon ganz gespannt war, da sie als eine ausgezeichnete Kennerin der Geschichten über Miss Marple galt und auch schon Krimierfahrungen hatte. Außerdem Fabian Köster, ein früherer Kollege von Andreas und auch ein guter Freund von Lea. Mit ihm kam auch ein neues Mitglied für den Club, Oliver Maurer, der ebenfalls früher Polizist und obwohl schon Mitte Sechzig, ein richtiges Muskelpaket war.

„Ich war nicht sicher, ob ich kommen kann", erklärte Lea, als sie Jutta die bestellten Cupcakes reichte. „Eigentlich sollte unsere kleine Nana noch diese Woche geboren werden, aber sie lässt sich wie alle Mädchen einfach ein bisschen mehr Zeit."

„Dabei haben wir alles so schön vorbereitet, aber vermutlich kriegen die Babys das mit den Terminen noch nicht so hin und man kann ihnen ja auch keine Mail schicken, leider", erklärte Charlie altklug.

Rina zog ihn zu ihren Plätzen. „Ich habe dir doch gesagt, sie kommt erst übernächste Woche, sie braucht noch ein wenig Reife."

Sie sah unsicher auf, als die Erwachsenen grinsten. Auf ihre Vorahnungen war Verlass, aber verstanden das die Erwachsenen?
Vermutlich nicht.

Als alle bereits wartend auf ihren Plätzen saßen, erschien Sandra
Fischer mit etwas Verspätung und versuchte sich wortreich zu ent-
schuldigen. Dabei schimpfte sie auf den fürchterlichen Verkehr
und es fielen einige Begriffe, für die man Kinder mit Sicherheit
gerügt hätte. Beide sahen sich an und grinsten.

„M und K", flüsterte Charlie, „wäre besser gewesen."

Rina nickte, denn seit sie Geheimcodes für Schimpfwörter entwickelt hatten, konnten sie die mit Genuss anwenden und das Ge-
genstück zu M und K war heute wirklich oft genannt worden.

Dann aber wandte sich Sandra Fischer ihrem Problem zu.

„ Wir haben das „Mutter Schulze" über Jahre aufgebaut, mein
Mann und ich, haben nicht nur viel Geld sondern auch viel Herz-
blut investiert. Ich weiß nicht, ob Sie sich etwas unter neuer
deutscher Küche vorstellen können? Ich war damals einfach der
Meinung, dass die Zeit dafür reif sei, bei der Vielfalt der interna-
tionalen Küche in der Stadt auch wieder mehr deutsche Küche an-
zubieten.

Natürlich nicht die schwere, fettreiche Hausmannskost, die man
sich darunter vorstellt, sondern Traditionsgerichte, die entschärft
sind, weniger Kalorien haben, nicht mehr als 500 kcal pro Gericht,
aber dennoch schmackhaft sind. Wir legen vor allem Wert auf neue

Ideen für Kohl und andere regionale Gemüse, schnelle Rezepte, auch vegetarische Gerichte, die sonst nicht so häufig in der deutschen Küche auftauchen.

Auf jeden Fall ging das Konzept auf, wir waren wirklich der Renner, bis Otto einen Herzinfarkt hatte. Es ging ganz schnell, so wie er sich das immer gewünscht hat. Er brach in der Küche zusammen und ist auf dem Weg in die Klinik verstorben."

Sie holte tief Luft und griff zum Taschentuch, sprach aber dann weiter. „Ich hatte keine Zeit zu trauern, das Lokal musste geöffnet bleiben, wir hatten schon durch die Pandemie riesige Verluste, also suchte ich einen neuen Küchenchef. Erstaunlicherweise habe ich auch jemanden gefunden, der fast so gut kocht wie mein Mann, aber leider in der Küche eine absolute Diva ist. Deswegen ist es auch so schwierig, das Problem anzugehen."

Da Sandra Fischer einen Moment schwieg, hakte Jutta ein. „Was ist denn dieses Problem, für das du Rat oder Hilfe brauchst?"

„Ach so, ich bin wahrscheinlich immer noch im Stress, wegen Oscar, das ist der neue Küchenchef. Seit er kocht ist das Lokal wieder gut ausgebucht und sein Essen kommt an, aber die Kosten sind enorm gestiegen. Erst ist mir das gar nicht so aufgefallen, weil ich glaubte, dass er vielleicht etwas mehr von bestimmten Zutaten verbraucht als mein Otto.

Aber dann habe ich die Rechnungen verglichen und festgestellt, dass vor allem der Fleischverbrauch enorm gestiegen ist, obwohl deutlich mehr vegetarische Gerichte über die Theke gehen.

Also habe ich weiter geforscht, es fehlt vor allem Fleisch, das gegrillt oder kurzgebraten wird und auch einiges an Blattsalaten und Fruchtgemüsen. Das ist doch komisch, weder Kartoffeln oder Obst oder Süßspeisen oder Ähnliches sind betroffen, da ist alles perfekt. Aber bei Fleisch vor allem geht der Schwund in die Tausende und es ist kein Ende abzusehen."

„Und hast du mit dem Küchenchef darüber gesprochen? Er müsste doch eine Erklärung dafür haben." Jutta beugte sich interessiert vor, während sie aus dem Augenwinkel sah, dass sich die anderen schon Notizen machten.

Sandra hob hilflos die Hände. „Natürlich habe ich das. Ich habe nicht umsonst betont, dass Oscar eine Diva sei. Ihn interessiere das nicht, hat er mir gesagt. Er würde dafür bezahlt, exzellent zu kochen. Alles andere sei nicht sein Bier. Die Buchhalterin ist genauso hilflos, sie sieht ja nur die Rechnungen. Ich muss das wirklich unbedingt aufklären, ehe wir pleite sind. Zur Polizei kann ich nicht gehen, da kann ich den Laden gleich dicht machen. Ich würde ja am liebsten einen Privatdetektiv engagieren, aber ich kenne keinen und seriös sollte er schon sein. Deshalb bin ich auf dich gekommen, du hattest schon früher eine gute Nase und kennst unsere Probleme und Schwierigkeiten am besten."

Jutta lächelte nur bei so viel Lob und wandte sich an die Runde.

„Hat jemand eine Idee, was man machen könnte oder einen Vorschlag, wie man das Problem behebt?"

Lea, die bisher neben Fabian sehr aufmerksam zugehört hatte, meldete sich als erste zu Wort. „Ich kann Sie wirklich gut verstehen und leider auch den Koch, denn ich bin selbst Küchenchefin in unserem Event-Hotel. Daher weiß ich, dass ein gutes Essen die volle Konzentration erfordert und man sich am liebsten nicht mit anderen Dingen belastet. Ich weiß aber auch, dass wir oft in Gaststätten und Hotels, ein ziemlich buntes Völkchen beschäftigen, dessen Hintergrund man gründlich prüfen muss. Wir alle, die hier sitzen, haben bereits mehr als eine Straftat aufgeklärt oder könnten das auch in Ihrem Fall, aber eine ordentliche Zulassung als Privatdetektiv hat nur Fabian Köster. Deswegen sollte er unsere Gruppe koordinieren. Ich melde mich freiwillig als Undercover-Küchenhilfe, denn anders kann man den inneren Kreis nicht untersuchen."

Sandra wäre vor Begeisterung fast aufgesprungen.

„Ich wusste, dass ich hier die Richtigen finde. Wenn Sie einverstanden wären", sie sah Fabian fragend an, „dann würde ich Sie liebend gerne engagieren."

Fabian lächelte geschmeichelt und sah sich dann in der Runde um.

„Wenn ich das übernehme, brauche ich jede Hilfe die ich kriegen kann. Denn noch wissen wir nicht, ob das Ganze auf einer höchst geschickten Einbruchsserie beruht, ob auf dem Transport etwas verloren geht oder abgezweigt wird oder ob das Ganze in der Küche direkt passiert. Da vorher nichts war, ist es verständlich, dass der Verdacht zuerst auf den Neuen fällt. Das muss aber nicht unbedingt stimmen. Vielleicht hat jemand geglaubt, dass Ihre Aufmerksamkeit weniger auf das Lokal gerichtet sei und glaubt freie Bahn zu haben. Da ist viel nachzuprüfen und zu überwachen. Kann ich mit euch rechnen?"

Er sah sich um und lächelte zufrieden, da alle ihre Hand gehoben hatten. „Mit so einer fantastischen Truppe kann ich den Auftrag übernehmen", wandte er sich an Sandra Fischer. „Aber vorher muss ich wissen, mit welchem Ergebnis wir ermitteln sollen. Wollen Sie nur wissen, wer genau es war oder wollen Sie, dass die Verantwortlichen auch bestraft werden?"

Sandra schüttelte rasch den Kopf. „Mir genügt, wenn ich es weiß, denn dann kann ich sie feuern."

Jutta hob warnend die Hand. „Davon würde ich dir unbedingt abraten. Stell dir vor, die finden einen sehr sozialen Richter beim Arbeitsgericht, dann zahlst du ihnen vielleicht noch eine fette Abfindung und die machen dann beim nächsten weiter."

Sandra reagierte sehr betroffen. „Ja, da hast du absolut recht, es wäre auch sehr unkollegial den anderen gegenüber, die genau wie ich hoffen, dass die Gastronomie überlebt. Wir machen es besser richtig, mit allen Konsequenzen."

Die letzte Bemerkung war an Fabian gerichtet, der noch über seine Notizen schaute. „Dazu brauchen wir aber einige Unterlagen."

Sandra nickte sofort und notierte schnell das Wichtigste.

„Alle Informationen, die Sie zu den Beschäftigten und zu den Fleischlieferanten haben, wären wichtig. Liefern Sie auch Essen oder Teilprodukte an andere?"

Als Frau Fischer verneinte, nickte Fabian Charlie zu, der schon gespannt wartete. „Wenn einer etwas Wichtiges zu den Hintergründen findet, dann bist du das, Charlie. Kannst du das übernehmen?"

Wie immer salutierte Charlie lässig mit zwei Fingern an der Schläfe. „Wird gemacht, Onkel Fabian."

Der sah weiter auf seine Notizen. „Wenn Lea als Küchenhilfe Undercover arbeiten könnte, wäre das eine Super-Idee, denn ihr sachkundiger Blick könnte sehr nützlich sein. Aber schaffst du denn das neben eurer Küche und wenn das Baby kommt?"

Aber Lea lächelte nur listig. „Ich habe im letzten Monat eine neue Köchin eingearbeitet, die kann sich jetzt erst mal beweisen und das Baby kommt doch erst eine Woche später, auf Rinas Vorahnungen ist Verlass. Und außerdem hatten wir seit dem falschen Prinzen keinen Kriminalfall mehr, das fehlt mir doch irgendwie. Mein Spürsinn für das Böse rostet sonst ein, also ja, ich mache das gerne."

„Super!" Sandra Fischer freute sich. „Jetzt fühle ich mich schon besser. Ich kenne mich mit Marketing wirklich gut aus, aber ich bin eine fürchterliche Köchin, mir kann man also erzählen, im Himmel ist Jahrmarkt oder für ein Kalbsmedaillon mit Sauerampfer braucht man pro Person 400g Kalbfleisch. Da ich es nicht weiß, muss ich alles glauben. Ich bin so froh, wenn eine Frau vom Fach hinschaut. Dem Küchenchef werde ich nur mitteilen, dass Sie auf Probe eingestellt werden, alles zum Personal geht ja über meinen Schreibtisch."

„Für die Überwachung von außen wären dann wir drei zuständig." Mit seiner Handbewegung schloss Fabian auch Andreas und Oliver in diesen Auftrag ein. „Wir werden wahrscheinlich auch ein paar Nachtschichten einplanen müssen, um das Gebäude oder auch die Anlieferung zu überwachen."

„Und was soll ich machen? Du hast mich doch nicht vergessen, Onkel Fabian." Rina hielt es nicht auf ihrem Stuhl. „Ich habe schließlich schon viele Krimis gelesen und ich stricke als einzige. Obwohl diese Fingerübungen irgendwas Wichtiges im Gehirn fördern, was genau Charlie?"

Wie immer sprang er seiner Schwester bei. „Fingerübungen fördern die Denk- und Merkfähigkeit des Gehirns, das ist wissenschaftlich bewiesen."

Beinahe hätte Rina noch die Hände in die Seiten gestemmt, um ihrer Aufforderung Nachdruck zu verleihen, aber Fabian lachte schon. „Natürlich brauchen wir dich auch. Du bist die Spürnase an vorderster Front. Von dir brauche ich eine Einschätzung der Bedienung im Lokal. Wenn Jutta und Anja mit dir essen gehen, könntest du alle mit deiner speziellen Gabe abscannen. Das wäre sehr wichtig für die Ermittlung. Wäre das auch für euch möglich?"

Jutta und Anja nickten beide mit leuchtenden Augen.

„Ich hätte auch eine Nachtschicht gemacht", stellte Anja begeistert fest, „aber das ist ja noch aufregender. Ich habe Rinas Talent bisher noch nicht in echt erlebt und bin schon ganz gespannt."

„Dann tauschen wir, wo es noch nicht geschehen ist, die Handynummern aus. Wer etwas erfährt, wer etwas herausfindet, schickt es an mich. Ich habe vorher nichts gesagt, um keine Vorbehalte zu haben, aber jetzt wäre die Frage doch wichtig. Hat jemand von euch schon etwas Ähnliches gehört oder erlebt?"

„Erlebt nicht", erklärte Oliver, „aber ich kann mich an eine Serie im Fernsehen erinnern, bei der es um ähnliche Probleme ging. Toll fand ich, dass diese Truppe das gesamte Lokal mit Kameras ausgestattet hatte und so die Diebe, die Waren oder Geld klauten gleich stellen konnte."

„Das ist eine gute Idee", begann Fabian, wurde aber sofort von Lea gestoppt.

„Das lässt sich technisch kaum machen, in der Küche wegen der Dampfentwicklung sowieso nicht. Viel interessanter wäre es, die Vorratsräume zu überwachen."

„Davon gibt es drei", warf Sandra Fischer ein, „zwei davon sind Kühlräume."

Fabian hatte alles notiert und wandte sich abschließend an die Besitzerin des Restaurants. „Dann vereinbaren wir beide dafür noch einen Termin, der deutlich nach der Schließzeit liegt und dann legen wir los. Sobald die Unterlagen über das Personal kommen, kann Charlie sie überprüfen und Rina, du könntest ihm helfen und schauen, welche Namen dir schon etwas zuflüstern. Lässt sich das machen, neben den Aufgaben für die Schule?"

Da beide nur fröhlich grinsten, schwor er die Truppe für die erste Ermittlung des Sonntags-Krimiclubs noch einmal auf den Erfolg ein und gab dann die Cupcakes frei.

Als Charlie am Montag aus dem Unterricht kam, sah er Fabian schon auf dem neuen Rasensofa sitzen, das die Rentner, die die Grünanlagen des Sommer-Karrees pflegten, seit kurzem gestaltet hatten. Charlie ließ sich neben ihn auf die Sitzfläche fallen und stöhnte. Fabian lächelte. „War es heute schwer in der Schule oder eher langweilig?"

Charlie grinste schon wieder. „Langweilig! Wir hatten zwei Stunden Sport. Ich verstehe ja, dass es wichtig ist schnell weglaufen zu können, das braucht man im Leben. Aber warum muss ich eine Stange hochklettern? Das braucht doch kein Mensch. Na ja, vielleicht, wenn man Straßenlaternen repariert."

„Wie gut, dass ich etwas Ansprechenderes für dich habe", lächelte Fabian und drückte ihm einen Stick in die Hand. „Ich bin mir sicher, dass deine Zauberfinger das Richtige finden. Schließlich wollen wir uns nicht mit unserem Club blamieren."

Charlie grinste vergnügt und verschwand sofort mit den Stick in der Wohnung. Seit kurzem hatte er seinen Arbeitsplatz in das gemeinsame Spiel- und Arbeitszimmer verlagert, denn so konnte er auch Rina helfen, mit ihrem neuen Laptop Freundschaft zu schließen.

Zur gleichen Zeit verfluchte Lea ihre Idee, als Küchenhilfe zu gehen, bereits gründlich. Oscar, der Küchenchef, war ein großer starker Mann mit einer dröhnenden Stimme, die bei seinen Befehlen, durch die gesamte Küche hallte. Und außer Befehlen die er im Sekundentakt brüllte, gab es kaum etwas anderes zu hören. Das Personal schien gut eingespielt und funktionierte eigentlich sehr gut miteinander, auch ohne Oscars bühnenreife Auftritte.

Auf Lea hatte er von Anfang an ein scharfes Auge geworfen, das sie etwas beunruhigte. Vermutete er etwas, war er möglicherweise der Dieb? Noch war ihr nichts Verdächtiges aufgefallen, außer dass Oscar sie pausenlos durch die Küche scheuchte.

Wehmütig dachte sie an ihre Hotel-Küche, in der es viel ruhiger, jedoch nicht weniger konzentriert zuging. Aber sie würde sich ausruhen, wenn das alles vorbei wäre. Und dass es nicht lange dauern würde, da war sie sich sicher. Nachdem sie nach Oscars Anweisungen Wild bardiert, Julienne-Streifen aus Gemüse geschnitten, Paprikaschoten entkernt, Zwiebeln fein gehackt und Artischockenböden vorbreitet und noch einiges anderes erledigt hatte, hielt er sie nach Ende der Schicht zurück. „Du bist niemals eine Küchenhilfe!

Aber wer immer du auch bist, du kannst morgen wieder kommen.
Du wirst meine Legumiere, die Frau fürs Gemüse."
Lea grinste zufrieden, obwohl sie noch keinerlei Anhaltspunkte
entdeckt hatte und vertröstete sich auf den nächsten Tag. Vorher
würde sie sich jedoch in Nadines Spa eine Rückenmassage geben
lassen, dieses Tempo war doch ein wenig viel für ihre 68, obwohl
ihr das garantiert niemand ansehen konnte.

In der kommenden Nacht saßen Fabian und Andreas schon seit
Stunden ziemlich gelangweilt in ihrem Auto. Sie hatten die gegen-
seitigen Erinnerungslücken gefüllt, denn einige Jahre hatten sie
sich nur sporadisch gesehen, sie hatten alle möglichen Theorien zu
dem Schwund bei „Mutter Schulze" durchgespielt, aber nichts gefunden was ihre Überlegungen bestätigen oder widerlegen könnte.
Die Polizei tappte ebenfalls noch im Dunkeln. Der zuständige Kollege hatte Fabian erklärt, sie würden einen regelrechten Ring von
Dieben in den Gaststätten der Stadt vermuten. Aber diese Leute auf
frischer Tat zu schnappen und auch die Hintermänner zu erwi-
schen, schien bis jetzt unmöglich.
Im Morgengrauen fuhren sie schließlich ziemlich schlecht gelaunt
zurück. „Früher fand ich solche Einsätze viel spannender, jetzt habe ich nur Rückenschmerzen und Hunger." Fabian knurrte fast vor
Enttäuschung, aber Andreas bremste ihn.
„Erinnere dich daran, wie viele Tage oder Nächte wir früher Ver-

dächtige observieren mussten. Hier wird es bestimmt schneller gehen. Davon sind die Frauen absolut überzeugt, heute gehen sie mit der Kleinen essen und erwarten wahre Wunder. Ich habe ja so etwas noch nie erlebt. Glaubst du, dass an diesen Vorahnungen etwas dran ist?"

Jetzt lächelte Fabian wieder. „Sie hat im letzten Jahr das Eingreifen eines Sonder-Einsatz-Kommandos auf die Minute genau angekündigt. Überzeugt dich das?"

Der Seitenblick seines früheren Kollegen, deutete eher auf etwas anderes hin, aber Fabian setzte auf seine Jung-Detektive, die ihn schon oft überrascht hatten.

Und heute Morgen würde es auch eine erste Einschätzung von Lea geben, vielleicht auch über einen anständigen Streit mit dem ominösen Oscar, denn Lea war eine Frau, die sich nie die Butter vom Brot nehmen ließ. Schließlich leitete sie ihre Herkunft und die ihrer Familie von den berühmten Amazonen ab, dem Reitervolk, in dem nur die Frauen das Sagen hatten. Und genau das schien die gesamte Familie in den Genen zu haben.

Fabian schüttelte seine schlechte Laune ab und begann sich auf den Tag zu freuen. Nachdem er mit Lea gefrühstückt hatte, war ihm jedoch klar, dass der Fall nicht so einfach laufen würde wie erhofft.

„In der Küche geht alles korrekt zu", fasste Lea zusammen, „zumindest was die Zubereitung betrifft. Der Küchenchef ist ein Angeber und versucht mich ständig herauszufordern, aber die Portionen sind so, wie sie allgemein berechnet werden. Der Schwund muss woanders passieren."

Bisher hatten auch die Überwachungskameras nichts Außergewöhnliches erbracht, das machte ihn etwas unruhig. Nachdem er die ganze Nacht nicht geschlafen hatte, zog er sich in sein Loft zurück, wälzte sich aber noch lange unruhig in seinem Bett.

Gerade als er etwas mürrisch wieder aufgewacht war und sich einen Mokka brühte, um zu sich zu kommen, klingelte Charlie Sturm. Mit seinem Laptop unter dem Arm, Rina und Snoopie hinter sich, stürmte er in das Loft. „Wir haben ihn, Onkel Fabian!"

Dann wieder etwas ruhiger, klappte er den Computer auf.

„Ich habe gestern mit der Überprüfung der ersten Unterlagen begonnen, aber an der Oberfläche war da wenig. Die Leute wechseln ziemlich oft die Arbeitsstelle und deshalb muss man lange graben, bis man überhaupt etwas findet. Aber Rina hat gesagt, er sei nicht der Chef, habe aber oft das Sagen. Das konnte nur der Stellvertreter, der Sou Chef, Leo Czerny sein. Also habe ich weitergesucht."

„*Das hat seine Hirnzellen auf Hochtouren rotieren lassen, wie ein Feuerrad an Silvester*, hätte Flavia gesagt."

Rina lobte ihren Bruder gern. Charlie lächelte geschmeichelt und setzte fort. „Bisher sah Czernys Akte piecksauber aus, aber er hat die Stellen noch schneller gewechselt, als die anderen. Deswegen habe ich in den Lokalzeitungen und noch ein paar anderen Sachen nachgesehen und habe einiges gefunden. Er wurde schon zweimal

verdächtigt Fleisch gestohlen zu haben, hat aber meist schnell gekündigt und die Sache wurde nicht weiterverfolgt.“

„Wer umzieht kann einfach weitermachen und wird nicht bestraft?“ Rina stemmte schon wieder ihre Arme in die Seiten. „Onkel Fabian, das musst du schleunigst ändern!“

„Da hast du absolut recht. Das werden wir auch, gemeinsam mit
euch. Also vielen Dank euch beiden“, begann Fabian, aber Charlie
unterbrach ihn. „Da gibt es noch etwas. „Ich habe mich gefragt,
was hat er denn mit dem Fleisch gemacht? Hat er es an andere weiter verkauft oder verarbeitet? Und dann fiel der Groschen…“

„*Und zwar so heftig, dass es in seiner Hirnschale schepperte,* hätte
Flavia gesagt.“ Rina grinste belustigt.

Charlie verdrehte nur kurz die Augen und setzte fort. „Dann habe
ich ziemlich schnell diese Anzeige gefunden.“

Er zeigte ein Werbebanner für einen mobilen Party-Service, den ein
gewisser Remo Czerny anbot.

„*Sie brauchen keine außergewöhnliche Location, wir grillen in
ihrem Garten, im Vorgarten oder hinter dem Haus, wo immer Sie
Spaß mit Ihren Gästen haben möchten. Günstige Preise garantiert!*“

„Und Remo ist der Bruder von Leo“, erklärte Charlie stolz. „Ich
habe es zweimal überprüft.“

„Super Charlie, das rettet meinen Tag!“ Fabian überlegte in Gedanken schon die nächsten Schritte, beriet sich danach noch einmal

telefonisch mit Andreas und Oliver und wartete dann gespannt, auf das Ergebnis von Rinas Restaurantbesuch mit Jutta und Anja.

Rina trug ihr bestes grünes Kleid mit gelben Tupfen und hatte Mühe, nicht vor Stolz zu platzen. Zwei Erwachsene begleiteten sie in ein Restaurant und warteten dann darauf, was sie feststellen würde, wie eine richtige Detektivin. Besser hätte sich *Flavia de Luce* auch nicht fühlen können.

Auch Anja war von dem Restaurant und der Atmosphäre sehr beeindruckt. Ihr gefiel der ausgeprägte nordische Einfluss in der Raumgestaltung, der alles frischer und leichter erscheinen ließ. Auch die riesigen Grünpflanzen und sogar einige Jungbäume, die die Tische abschirmten, unterstrichen das naturgemäße Ambiente.

Nach der Pastinaken-Creme-Suppe schaute Rina unglücklich in Juttas Richtung.

„Ich glaube, es funktioniert nicht, ich kann überhaupt nichts wahrnehmen. Müssen wir jetzt abbrechen?"

Jutta lächelte nur. „Bleib einfach ruhig, so etwas kann man nicht erzwingen. Schmeckt dir das Essen?"

Jetzt lächelte Rina. „Ich stelle mir vor, Grannie Lea hätte es gekocht. Das schmeckt immer."

Auch nach dem Hauptgericht mit frischem Zander gab es keine alarmierende Wahrnehmung und beide Frauen bemühten sich sehr, die unglückliche Rina zu trösten oder aufzumuntern.

Erst als bei der Nachspeise eine junge Kellnerin mit Petit fours

kurz an den Tisch trat, wurde Rina blass und bekam vor Aufregung einen Schluckauf. „Das ist sie. Sie trägt das Fleisch weg und bringt es dem Bruder, noch diese Woche, morgen oder übermorgen."
Dann schob sie das süße Gebäck mit so viel Abscheu zur Seite, als wäre es vergiftet. „Das von meiner Mami schmeckt zehnmal besser! Sind wir jetzt fertig?"
Schon auf der Heimfahrt hatten die beiden Frauen den genauen Wortlaut von Rinas Vorahnung an Fabian weitergegeben. Während er gerade mit Oliver über die Observation sprach, trommelte Charlie erneut Sturm an der Eingangstür.

„Rina hat mir schon alles erzählt, aber mittlerweile ist es klar, genau morgen muss die Falle zuschnappen. Ich weiß ja, ich darf nicht in die Dateien von anderen hineinsehen, aber hier ist doch Gefahr im Verzug oder so etwas. Also der Czerny hat vor 10 Minuten eine Bestellung angenommen, für morgen 17.00 Uhr in der Gotenstraße 50, die Leute haben ein Einfamilienhaus, habe ich schon nachgesehen."
Fabian war wie immer baff, wie schnell der Zehnjährige Sachen herausfinden konnte, für die seine früheren Rechercheteams Wochen gebraucht hätten.

„Das hast du hervorragend gemacht. Dafür darfst du morgen auch dabei sein, aber du musst mir versprechen im Auto zu bleiben. Snoopie kannst du natürlich mitnehmen."

Nach zwei Tagen fühlte sich Lea in der Restaurantküche fast wie zuhause. Da sie jetzt wusste, wer zu den Beteiligten des Diebstahls gehören könnte, würde sie sehr vorsichtig sein und vor allem ihr Pokerface beibehalten. Auch Rina war schon den ganzen Morgen unruhig gewesen und hatte Angst um ihre Grannie Lea gehabt, aber wenn heute alles klappte, wäre sie morgen wieder in ihrem eigenen Küchenreich. Deshalb übersah und überhörte sie großzügig den Theaterdonner, den Oscar wieder veranstaltete und versuchte herauszufinden, wo das Fleisch versteckt oder zwischengelagert wurde. Von den Angestellten hatte sich niemand krankgemeldet, wer brachte dann das Fleisch außer Haus?

Rina hatte zwar gesagt, das sei Lisa, die Kellnerin mit den extrem kurzen schwarzen Haaren. Aber wie die in Oscars Küche kommen sollte, war ihr ein Rätsel. Bisher traute sich keiner aus der Bedienung weiter vor, als bis zur Theke, wo die Gerichte abgeholt wurden. Sie sah unauffällig auf ihre Uhr. Um 16.00 Uhr müsste das Fleisch abgeholt werden und sie hatte noch keine Idee, wo sie suchen könnte.

Sie stöhnte leise, *noch drei Stunden bis Buffalo.* Das hatte sie schon als Kind gemacht, seit sie Fontanes Gedicht „John Maynard" kannte, teilte sie wichtige Zeitabschnitte danach ein.

Nachdem sie das erste Pensum Gemüse vorbereitet hatte, beschloss sie die Lagerräume erneut zu kontrollieren. Trotz ihrer aufmerksamen Blicke stellte sie im ersten Lager nichts Ungewöhnliches fest, auch im Kühlraum stand nur das übliche. Sie nahm vorsichtshalber jedesmal eine Kleinigkeit mit, um bei ihren Kontrollgängen nicht verdächtigt zu werden und war bisher auch keinem aufgefallen.

Im 2.Kühlraum war jemand, sie hörte Stimmen, also ging sie achtlos daran vorbei und zurück in die Küche. Als ob Oscar ein Radar für ihre Abwesenheit gehabt hätte, bellte er ihr neue Befehle zu, die sie schleunigst an ihren Arbeitsplatz zurückbrachten. Der Kühlraum musste noch warten.

Auch die anderen zählten die Stunden und veränderten immer wieder ihre Vorstellungen darüber, wer wann wo sein sollte.

Mit seinen früheren Kollegen hatte Fabian bereits vereinbart, dass sie an Ort und Stelle, die Verdächtigen festnehmen würden, aber ob alle auch dorthin kämen, war noch gar nicht klar. „Ich bin dafür, dass Oliver und ich gemeinsam in die Gotenstraße fahren…"

Er hatte kaum begonnen, als er von Andreas unterbrochen wurde.

„Glaubst du vielleicht, ich könnte das nicht auch, nur weil ich im Rollstuhl sitze. Ich kann noch eine ganze Menge."

„Das weiß ich doch." Obwohl Fabian am liebsten gegrinst hätte, weil er genau diese Reaktion provozieren wollte blieb er ernst.

„Wir brauchen dich im Restaurant. Ich kann nicht von den beiden Frauen erwarten, dass sie mit diesem Czerny fertigwerden wenn er nicht mitkommt. Das musst du machen."

Ein jetzt sehr einverstandener Andreas setzte sich dann mit Jutta und Anja zusammen, um das weitere Vorgehen zu besprechen. Sie hatten gerade einige Möglichkeiten diskutiert, als Rina nach der Schule zu ihnen kam. Sie war in großer Sorge um ihre Grannie, aber auch ein wenig sauer, weil Charlie gerade mit Fabian zum Tatort unterwegs war, ohne sie.

„Das Beste wird sein, wenn wir gemeinsam zum Restaurant fahren. Dann können wir sehen, ob alles so läuft, wie gedacht und du bist hautnah dabei." Jutta versuchte nur Rina zu trösten, konnte aber nicht ahnen, wie wichtig Rinas Anwesenheit noch sein würde. Nachdem sie im Auto von Andreas auf dem Weg waren, beruhigte sich die Kleine sichtlich.

Kurz vor 16.00 Uhr machte Oscar eine kleine Pause, das wusste Lea schon, deshalb stahl sie sich davon, um den 2. Kühlraum zu kontrollieren.

Obwohl sie sehr vorsichtig hineinschlich und überhaupt nichts gehört hatte, stand sie, als sie sich suchend in dem Raum umsah, plötzlich Czerny und der Kellnerin gegenüber, die eine große Plastikbox aus dem Regal zogen.

„Schon wieder die Alte, die spioniert uns nach! Aber nicht mehr lange", schrie Czerny und stieß Lea brutal nach hinten über die gefrosteten Fische und verschwand mit der Kellnerin und der Box.

„Nicht nur kriminell, sondern auch noch ein Flegel", knurrte Lea und rappelte sich hoch. Jetzt würde sie bestimmt vierzehn Tage nach Fisch stinken! Erst als sich die Tür nicht mehr öffnen ließ, wurde ihr klar, was ihr blühte, wenn sie nicht möglichst schnell

etwas unternahm. Aber was? Gerade wollte sie sich auf die Holz-
kiste sinken lassen die hinter ihr stand, da fiel ihr ein: Du musst
dich bewegen oder du erfrierst! Also lief sie so schnell sie konnte
in dem beengten Raum hin und her, ließ die Arme kreisen oder
hüpfte auf der Stelle. Nach einiger Zeit wurde ihr trotz der Bewe-
gung immer kälter, also änderte sie ihre Taktik. Was war eigentlich
mit den Mikrokameras? Sie blickte sich suchend um, konnte aber
nichts erkennen. Trotzdem versuchte sie mit Handbewegungen zu
signalisieren, dass sie Hilfe brauchte. Dann erinnerte sie sich enttäuscht daran, dass die anderen sicher schon in der Gotenstraße
waren und sie gar nicht sehen konnten.

Also blieb ihr nur noch eine Möglichkeit. Sie blies in ihre eisigen
Hände, konzentrierte sich und versuchte eine mentale Botschaft an
Rina zu schicken. Sie hatte von solchen Möglichkeiten gelesen, es
aber noch nie probiert. Hoffentlich klappte es, denn noch wollte sie
nicht endgültig abtreten.

Rina, die im Auto unruhig auf die Straße geschaut hatte, schreckte
plötzlich hoch und rief angstvoll. „Grannie, sie haben Grannie in
die Kühlkammer eingesperrt. Wir müssen sie retten, sonst stirbt sie.
Onkel Andreas, kannst du schneller fahren?"

Er schaute sie zwar zweifelnd an, fuhr aber sofort deutlich schneller. Auch Anja und Jutta waren von der Aufregung gepackt und
fieberten dem Ziel entgegen. Jutta rief schnell noch Sandra Fischer
an, die sie dann bereits am Eingang erwartete.

Während Anja noch den Rollstuhl aufklappte, damit Andreas schneller einsatzbereit war, stürzten Jutta, Sandra und Rina schon in Richtung Küche. „Wo ist Lea?"

Während der Küchenchef nur lakonisch die Schultern hob, rannte Rina schon zum Kühlraum, vor dem der Sou Chef wie eine Wache stand und sich nicht von der Stelle rührte.

„Machen Sie Platz!", rief Jutta wütend.

Czerny rührte sich nicht. „Wer sind Sie denn überhaupt? Sie haben in diesem Bereich nichts zu suchen."

Gerade als Sandra und der Küchenchef, schon wieder im Streit, dazu kamen, baute sich Rina vor Czerny auf und brüllte so laut sie konnte. „Lass sofort meine Grannie Lea frei, du Verbrecher!"

Czerny rührte sich immer noch nicht.

„Du hast die Frau im Kühlraum eingesperrt?" Oscar konnte nicht fassen, was in seiner Küche passierte. Mit zwei Schritten war er bei Czerny und nach einem mächtigen Schlag, lag der so passend am Boden, dass ihm Andreas ganz bequem Handschellen anlegen konnte.

Inzwischen hatten Oscar und Sandra gemeinsam die verriegelte Tür aufgerissen, während Jutta nach einer warmen Decke gegriffen hatte und Anja den Notarzt anrief. Dann flüsterte sie Jutta zu. „Das war wirklich so toll, wie im Film. Dieser Oscar hat echt einen Schlag wie Bud Spencer!"

Zur gleichen Zeit beobachteten Fabian und Oliver das Grundstück in der Gotenstraße, während die Polizisten noch in der Nähe in einer Querstraße warteten.

Als die Kellnerin Lisa aus ihrem Wagen ausstieg und in Richtung Haus ging, folgten ihr die beiden unauffällig, jedenfalls glaubten sie das. Aber gerade als Lisa die Plastikbox einem Mann übergab, der an einem rauchenden Grill stand, bemerkte sie die beiden Männer doch. Blitzschnell flankte sie über die Begrenzung aus Thuja-Büschen und rannte zu ihrem Wagen. Charlie sah sie kommen, er wusste wer sie war und dass sie vermutlich fliehen wollte. Er rutschte unruhig hin- und her. Eigentlich müsste er eingreifen, aber er hatte Fabian versprochen, den Wagen nicht zu verlassen.

Aber für den Hund galt das ja nicht, deshalb gab er ein Kommando und öffnete die Wagentür. Snoopie schoss wie ein Pfeil auf die Kellnerin zu und brachte sie in dem Moment zu Fall, als Oliver gerade um die Kurve schnaufte. „Ich bin Gewichtheber. Schnellläufer wollte ich nie werden. Ohne deine Hilfe wäre sie jetzt weg gewesen. Das war Spitze, Charlie!"

Er warf sich die junge Frau ohne Kommentar über die Schulter und brachte sie zu ihrem Komplizen, der bereits festgenommen war.

Als beide schon im Polizeiwagen saßen, meldete sich Andreas, um zu veranlassen, dass auch Czerny noch von den Polizisten abgeholt würde.

Inzwischen hatte der Notarzt bereits Entwarnung für Lea gegeben, aber Andreas fuhr sie vorsorglich in ihre Wohnung und Jutta, Rina und Anja kümmerten sich rührend um sie und verwöhnten sie so, dass Lea schon über die Vorteile eines nächsten Abenteuers, gleicher Art, nachdachte.

Fabian und Oliver besuchten sie ebenfalls, um noch einmal alles zu besprechen und zu kommentieren, was am anderen Tatort stattgefunden hatte. Charlie hatte ihr sogar seinen Hund als Bewacher angeboten, aber das hatte Lea abgelehnt. Zum Schluss saß nur noch Rina mit großen Augen am Bett. „Das war keine Vorahnung, wie sie sonst bei mir ankommen. Hast du mir sowas wie eine Mail geschickt?"

Und als Lea nur nickte, grinste sie. „Dann sollte ich das jetzt auch mal bei der kleinen Nana probieren."

Und anscheinend war sie dabei erfolgreich, denn als die Siegesfeier bei „Mutter Schulze" stattfand, da war die Sommer-Familie gewachsen, wie die Kids jedem stolz erzählten.

Sandra Fischer dankte dem Sonntags-Krimiclub herzlich dafür, ihr Restaurant zurück und endlich wieder eine Zukunft zu haben. Sie hatte auch von anderen Gastronomen in der Stadt viel Anerkennung für den mutigen Schritt bekommen, die Diebstähle zu verfolgen. Denn wie sich herausstellte, waren durch diesen mobilen Party-Service-Ring mehr als zehn Restaurants erheblich geschädigt worden. Inzwischen waren bei „Mutter Schulze" neue Leute eingestellt und Sandra hatte allen Grund auf eine erfolgreiche Zeit zu hoffen, denn das Verhältnis zum Küchenchef hatte sich wohltuend entspannt.

Oscar kam sogar persönlich an den Tisch des Clubs, um eine Süßspeise zu kredenzen, die er Lea gewidmet hatte, eine Creme aus Mandeln und sehr dunkler Schokolade.

„Sie war die beste Hilfe in meiner Küche, die ich je hatte, sie war wie ein Engel in dunkler Nacht. Aber wie es mit diesen wunderbaren Gestalten so ist, kaum sind sie da, verschwinden sie auch wieder. Aber es ist trotzdem schön, dass sie da waren. Ich danke Ihnen allen, sie haben die Ehre meiner Küche wieder hergestellt."

Und dann verschwand er wieder.

„Theaterdonner, wie immer", murmelte Lea amüsiert.

„Aber sehr nett", flüsterte Jutta. „Wenn die nächsten Fälle auch so werden, freue ich mich jetzt schon darauf."

Ein einmaliges Schnäppchen

Jutta Keller erwachte schon sehr früh am Morgen, sie war noch nicht ganz im Hier und Jetzt, hatte aber das angenehme Gefühl, dass heute etwas Schönes auf sie wartete.

Sie öffnete vorsichtig ein Auge und sah aus dem Fenster einen makellos blauen Himmel. Die Vögel zwitscherten unentwegt, wahrscheinlich schon seit Stunden und es roch nach frisch gemähtem Gras. Sie streckte sich noch einmal in ihrem Queen-Size-Bett aus und lächelte.

Genauso hatte sie sich den Ruhestand vorgestellt. Keine Hetze am Morgen, um rechtzeitig zur Arbeit zu gelangen, keine störenden Telefonate, wenn sie gerade über ein neues Konzept nachdachte, sondern geruhsames Erwachen, Zeit für Morgen-Yoga und eine Dampfdusche, immer frisches Essen in verträglichen Portionen und viel Zeit zum Lesen und für spannende Gespräche.

Dafür gab es mit ihrer ganz persönlichen WG, die seit einigen Wochen ihr liebstes Projekt war, viele Gelegenheiten und das jeden Tag in der Woche.

Aber heute war Sonntag, seit kurzem einer ihrer bevorzugten Tage überhaupt, denn sonntags traf sich der Krimiclub. Früher hasste sie Sonntage. Denn an diesen Tagen waren alle Menschen, die sie gerne getroffen hätte, mit ihrer Familie beschäftigt und sie hatte keine. Damals war aber Anette noch ihre beste Freundin und stand bei allen möglichen Freizeit-Ideen auf Abruf, auch wenn sie dafür zwei Stunden mit der Bahn anreisen musste.

Aber Anette war Geschichte, Jutta hatte jetzt eine WG und mit ihr eine neue Tradition, den Krimiclub. Bisher hatten sie schon vieles erprobt, Anja hatte ihre erste Cosy-Crime-Geschichte gelesen, andere hatten Lieblingsbücher empfohlen oder Erlebnisse erzählt. Es gab auch schon einen echten Fall um die Diebstähle bei „Mutter Schulze", den sie bravourös als Team gelöst hatten und letzten Sonntag hatte Andreas von einem früheren Fall berichtet, bei dem er fast vergiftet worden wäre.

Jutta lächelte. Der frühere Ermittler war wirklich eine angenehme Bereicherung für die WG. Da er den Rollstuhl ständig brauchte, wohnte er in dem Appartement im Erdgeschoss. Früher hätte sie sich nicht vorstellen können, wie geschickt jemand sein Leben auch im Rollstuhl bewältigen konnte. Aber Andreas hatte bereits viele ihrer Ansichten korrigiert, da er in manchen Dingen oft selbständiger reagierte als sie.

Er kaufte häufig gemeinsam mit ihr in der „Weiberwirtschaft" für alle ein, war technisch sehr versiert und erwies sich auch abends als passabler Koch, der sogar die Küche wieder in Ordnung brachte. Dabei jonglierte er so geschickt mit den höhenverstellbaren Geräten, dass Jutta manchmal neidisch wurde.

Dass sie und Anja dafür die Reinigung der Böden übernahmen, erschien ihnen nur als gerechter Ausgleich. Vielleicht sollte sie sich

auch noch einige andere Dinge von ihm abgucken, dachte sie stirn-
runzelnd. Denn Andreas trainierte jeden Tag eisern mit Gewichten
in seiner Männerhöhle im Keller.

Wenn sie dort ein Laufband dazu stellen würde und vielleicht noch
einige Geräte brauchte sie kein Fitness-Studio, denn damit konnte
sie sich überhaupt nicht anfreunden. Wenn sie schon ihre müden
Knochen verrenken sollte, dann garantiert unter Ausschluss der
Öffentlichkeit.

Aber das Beste an Andreas war, dass er das gleiche Faible für Krimis hatte wie sie und Anja, und man sich stundenlang mit ihm darüber unterhalten oder auch fachsimpeln konnte. Deshalb war die
Entscheidung, einen Krimiclub zu gründen, eine gemeinschaftliche
gewesen. Seitdem trafen sie sich jeden Sonntag am Kamin und
luden sich auch Gäste ein.

Und heute würde es möglicherweise wieder einen neuen Fall geben. Offensichtlich waren sie dabei, sich einen besonderen Ruf in
der Südstadt zu erwerben. Eine Bekannte von Sandra Fischer hatte
angerufen, weil sie mit einem großen Problem konfrontiert sei und
keine Lösung wüsste.

Worum es genau ging, wusste Jutta noch nicht, aber sie war opti-
mistisch. Sie hatten als Gruppe bei „Mutter Schulze" super zusammengearbeitet und so würde es auch weitergehen.

Also sprang sie voller Energie unter die Dusche und sang schon auf
dem Weg zum Frühstück. Anja, die zwar kein Morgenmuffel, aber

morgens in ihrem Befinden noch etwas gebremst war, musterte sie erstaunt. „Hoffentlich bekommen wir noch genügend echte Fälle, wenn sie dir so eine gute Laune machen. Ich sorge mich bestimmt schon wieder viel zu sehr, ob es zu schwierig oder auch zu gefährlich für uns wird. Aber trotzdem will ich nicht verzichten."

Jutta grinste. „Du meinst du fühlst dich so unvorbereitet wie ungewaschener Kopfsalat? Kein Problem, das überspielen wir."

Am Nachmittag schaute Jutta noch zweifelnd über die Sessel, die sie im großen Raum im Erdgeschoss zusammen mit kleinen Bistrotischen aufgereiht hatte. Hoffentlich reichten die Plätze aus! Natürlich würden neben der WG auch die Stammgäste wieder dabei sein. Rina mit den roten Henkelzöpfchen und der kluge Charlie, der nie ohne seinen Laptop und sein Handy gesichtet wurde. Beide waren seit dem ersten Treffen des Clubs immer dabei und überraschten die Erwachsenen häufig, die 9-jährige Rina vor allem durch ihre intuitiven Gedanken und der 10-jährige Charlie durch seine einzigartigen Fähigkeiten, mit denen er im Internet alles fand, was anderen verborgen blieb. Beide waren Kinder von Dennis Braun und Polly Sommer, die Jutta im nahegelegenen Event-Hotel kennengelernt hatte.

Kurz danach folgen Lea Sommer und Fabian Köster die wieder Oliver Maurer, einen ehemaligen Kollegen von Fabian, mitbrachten. Emilia Richter hatte abgesagt, da ihre große Lesereise begonnen hatte, um die sie vor allem Anja glühend beneidete. Auch sie wäre gerne mit ihren Geschichten so erfolgreich gewesen, wurde aber regelmäßig von Jutta und Andreas auf später vertröstet.

Wie immer gab es die tollen Cupcakes von Polly, die Jutta schon am Morgen geordert hatte, passend zu Kaffee, Tee und Kakao, den Getränken, die Anja gerade in der Küche vorbereitete.

Als Lilly Herzog, die Bekannte von Sandra Fischer, kam, schauten die meisten etwas überrascht. Was mochte diese kleine mollige Frau, die ganz in Silberblau, passend zu ihren Haaren, gekleidet war, mit Verbrechen zu tun haben?

Sie schien nicht ängstlich oder aufgeregt zu sein, sondern schaute sich neugierig um. Nachdem Jutta sie auf einen Platz am Kamin gebeten hatte, begann sie mit leiser Stimme zu sprechen.

„Ich hatte noch nie mit Privatdetektiven zu tun, daher weiß ich nicht, wie das abläuft. Wenn es so ist, wie auf dem Polizeirevier, dann fange ich mit meinen Personalien an. Ich bin 82 Jahre und wohne in der Novalisstraße 75. Seit mein Mann verstorben ist und mein Sohn dauerhaft in den USA lebt, vermiete ich die Einlieger-wohnung in unserem Haus an Angestellte oder Gäste der Universi-tät. Mein Mann war Professor für europäische Geschichte, daher stammt mein langjähriger Kontakt zur Uni. Jedes Mal, wenn ein Gastprofessor kommt oder ein Doktorand aus dem Ausland, wohnt er bei mir. Ich bin zwar nicht mehr so jung, aber diese Vermietung überfordert mich nicht und es ist ein gutes Gefühl, noch einen jun-gen Mann im Hause zu haben. Aber jetzt sind sonderbare Sachen passiert und Sandra Fischer, sie ist die Tochter einer alten Freundin von mir, sagte, Sie könnten mir vielleicht helfen."

Jutta sah die Gesichter der anderen, die genauso fragend schauten wie sie und versuchte sich zum Problem vorzutasten. „Haben Sie so etwas wie Mietnomaden, die alles verwüsten oder Mieter, die nicht zahlen oder was genau ist das Problem?"

Frau Herzog lächelte und schlug wie ertappt die Hand vor den Mund. „Ich brauche immer etwas länger, bis ich zum Kern der Sache komme, das hat mein Edmund schon immer bemängelt. Nein, mit meinen Mietern gibt es keinerlei Probleme, das sind alles nette Herren. Aber vor einem Monat klingelte eine Familie bei mir und behauptete, einen Mietvertrag mit mir für eine Ferienwohnung zu haben. Sie zeigten mir einen Vertrag, der tatsächlich auf meinen Namen lautete und für den sie schon 50 Euro Kaution gezahlt hätten. Ich bin manchmal schon ein wenig vergesslich, aber ich war mir dennoch sicher, dass ich an niemanden vermietet hatte. Als diese Leute dann mit einer Anzeige drohten, bekam ich Angst, also habe ich ihnen 50 Euro gegeben und sie zum nächsten Hotel geschickt.

Ich dachte, damit wäre alles erledigt, aber vor zwei Tagen stand wieder eine Familie vor meiner Tür. Auch sie hatten einen Vertrag, aber bereits 150 Euro bezahlt. Diesmal habe ich mich nicht beirren lassen, als sie mit Anzeige gedroht haben, sondern einfach meine Tür geschlossen. Gestern Morgen war ich dann auf dem Polizeirevier und habe selbst Anzeige erstattet. Sandra hat mir dazu geraten und hat mir auch gezeigt, dass meine Wohnung wirklich im Internet angeboten wird. Ich kann mir das Ganze nicht erklären und weiß auch nicht weiter."

„Das scheint mir ganz eindeutig eine weitere Spielart von Betrug zu sein", stellte Jutta fest und blickte zu Fabian, der die Gruppe beim letzten Einsatz geleitet hatte. „Man müsste als erstes klären, wer von dieser Wohnung weiß. Gab es auch Fotos?"

„Na klar, ich habe sie schon." Charlie, der während der Schilderungen der alten Dame schon wie auf dem Sprung gesessen hatte, zeigte eine Foto-Galerie auf seinem Laptop, die von allen gründlich betrachtet wurde. Als einmaliges Schnäppchen wurde dort eine großzügige Zwei-Zimmer-Wohnung beworben, die mit 4 Personen belegt werden konnte und für eine Woche nur 999 Euro kosten sollte. Allerdings war vorher eine Kaution von 150 Euro zu entrichten. Das Bankkonto gehörte einer Firma Hollycasa und war bei einer kleinen Direktbank.

„Gibt es außer den Mietern Personen, die regelmäßig oder auch nur ab und zu die Wohnung betreten?" Fabian begann sich Notizen zu machen. Er hatte schon von Internetbetrügern gehört, die ahnungslose Urlauber abzockten, während die fest daran glaubten eine günstige Gelegenheit gefunden zu haben.

Lilly Herzog überlegte und zählte dann an den Fingern ab. „Helga, die Putzfrau, kommt einmal in der Woche, jeden Monat werden die

Fenster geputzt, das macht eine Firma und letzten Monat war ein Mann vom Amt da, der sich vergewissern wollte, dass ich keine Ferienwohnung anbiete."

„Die Fotos hätte vermutlich jeder machen können", enttäuscht strich Fabian seine erste Vermutung wieder. „Obwohl mir eine solche Kontrolle des Amtes aus heiterem Himmel schon sehr verdächtig erscheint."

„Moment, vielleicht kommen wir über die Fotos auf einen Anhaltspunkt?", rief Jutta. „Charlie, könntest du die Fotos deutlich vergrößern?"

Der grinste nur und hielt ihr wortlos den Monitor entgegen.

„Ich wusste es doch!" Triumphierend zeigte Jutta auf das zweite Foto. „Dort steht ein Forsythienstrauß. Die hat man in einer Vase maximal bis Ostern, aber meist vorher. Frau Herzog haben Sie einen Terminkalender, mit dem wir vergleichen könnten, wann welche Besucher da waren?"

Die nickte überrascht. „Ja, so etwas habe ich. Sie sind wirklich gut, ich wäre auf so etwas nie gekommen. Also übernehmen Sie meinen Fall?"

Alle sahen Fabian an, der dann bestätigend nickte. „Es wird nicht leicht werden, aber wir werden das gemeinsam klären. Was mich vor allem interessiert, was hat denn die Polizei gesagt?"

Frau Herzog winkte ab. „Sie haben mir gesagt, sie ermitteln, aber es könnte dauern. Ich verstehe das ja, die haben keine Leute, aber das hilft mir auch nicht weiter. Deswegen wäre ich wirklich froh, wenn Sie das machen. Sandra schwärmt so von Ihnen und den schlauen Kindern."

Obwohl Fabian noch wegen des Lobes geschmeichelt lächelte, teilte er bereits die Aufgaben ein: „Charlie, auf dich kommt die wichtigste Arbeit zu. Wir brauchen den echten Namen hinter dem angegebenen Firmen-Bankkonto und wenn es machbar ist, die IP-Adresse."

Charlie nickte mit leuchtenden Augen und salutierte wie immer mit zwei Fingern an der Schläfe. „Wird gemacht, Onkel Fabian."

„Jutta und Anja, von euch möchte ich wissen, gab es die Kontrolle zu den Ferienwohnungen wirklich und gibt es Informationen über solche Betrüger im Hotelbereich? Wenn Leute anschließend im Hotel einchecken, erzählen sie wahrscheinlich auch von dem Pech mit der Ferienwohnung. Ich werde mich bei der Polizei erkundigen, wie dort der Wissensstand ist."

Nachdem er mit einem Lächeln registrierte, dass Rina, aus Angst übergangen zu werden, bereits wieder aufgesprungen war, wandte er sich an Frau Herzog. „Wäre es möglich, dass sich die kleine Rina die Wohnung ansehen kann, natürlich nur wenn die Mieter nicht da sind. Sie hat ein besonderes Talent, das uns helfen könnte, die Betrüger schneller zu finden."

Als die alte Dame erstaunt nickte, bat er Lea. „Könntest du Rina begleiten und das mit Frau Herzog abstimmen? Und vergleicht bitte auch die Termine von Besuchern bis Ostern.“

„Soll ich jetzt auch salutieren oder genügt es, wenn ich ja sage?“

Lea grinste provokativ, aber Fabian nahm es gelassen. Auch Rina hatte jetzt, zufrieden mit ihrer Sonderaufgabe, wieder Platz genommen, um an ihrem grünen Schal weiter zu stricken. Jedem, der sich darüber wunderte, erklärte sie, dass Miss Marple nur durch Stricken so klug geworden sei.

„Und was machen wir?“ Andreas schloss Oliver, der neben ihm saß, bei seiner Frage mit ein.

„Ihr arbeitet an einer Strategie, wie wir den, den wir ermittelt haben, festnageln können.“

Beide nickten höchst zufrieden. Fabian wandte sich noch einmal an Lilly Herzog, die sehr beeindruckt von dem Gesehenen war und schon etwas optimistischer wirkte. „Sie haben gesehen, dass wir dieses Problem ernst nehmen. Es geht uns nicht um 50 oder 150 Euro Kaution, sondern darum, dass diese Gauner Menschen betrügen, die sich vielleicht sehr lange auf ihren Urlaub gefreut haben und andererseits seriöse Vermieter, wie Sie, in Misskredit bringen. Wir werden alles dafür tun, diese Leute zur Strecke zu bringen.“

„Das glaube ich Ihnen sofort, Sandra hatte recht, Sie sind wirklich alle so gut, besser als im Fernsehen.“

Nachdem Jutta die neue Klientin zur Tür begleitet hatte, rief Fabian seine Truppe noch einmal zusammen, um die Einzelheiten genauer zu besprechen. Charlie, der sich mit seinem Laptop in die Ecke verzogen hatte, arbeitete schon konzentriert an seiner Aufgabe, fühlte sich aber durch Rinas Fragen etwas genervt. „Charlie, was ist denn ein Schnäppchen? Beißt das richtig, wenn es zuschnappt?"

„Nein. Das ist etwas, was man sich ganz schnell schnappen soll, sonst nehmen es die anderen." Dann wandte er sich wieder seiner Recherche zu, aber Rina war noch nicht zufrieden.

„Und einmalig bedeutet, dass es nur einmal vorkommt, oder?"

Charlie sah sie verblüfft an, dann pfiff er durch die Zähne, etwas das er erst vor kurzem gelernt hatte, und ließ seine Finger über die Tastatur tanzen.

„Das ist ja interessant! Rina, du bist ein Ass!"

Sobald die Seiten neben einander auftauchten rief er laut:

„Es gibt Neuigkeiten, das einmalige Schnäppchen gibt es fünf Mal. Alle von der gleichen Firma, alle Wohnungen sind hier in der Nähe und alle mit Anzahlung, aber unterschiedliche Konten."

„Charlie, das ist Spitze!" Jutta klopfte ihm begeistert auf die Schulter. „Wenn wir jetzt feststellen, wer Zugang zu allen diesen Wohnungen hatte, dann haben wir unseren Betrüger."

„Ganz so einfach ist es nicht", bremste Fabian ihren Tatendrang.

„Wir können ja nicht einfach bei diesen Leuten klingeln und fragen, ob sie Ärger mit Urlaubern hatten und wer ihre Räume betreten hat. Möglicherweise sind diese Quartiere sogar echt. Aber Charlie, wenn du mir diese Adressen auf meinen Computer schickst, könnte ich morgen auf dem Revier vergleichen, wer davon schon Anzeige erstattet hat oder selbst angezeigt wurde.

Ich könnte Glück haben, denn dort war ich fast ein Jahr als Mentor in unterschiedlichen Abteilungen, da gibt es vermutlich keine Probleme beim Austausch von Informationen."

„Ich verstehe, dass wir jetzt eine Menge Fakten sammeln müssen", gab Lea zu bedenken, „aber wir müssen uns diesem Betrüger auch aus einer anderen Richtung nähern. Miss Marple betont oft, dass es bestimmte Typen sind, die immer zu den gleichen Handlungsweisen neigen. Ich gehe mal davon aus, dass das kein Mensch ist, der Geld für die Operation seines Kindes braucht."

„Grannie Lea hat recht, das ist ein junger Mann, der jetzt nicht mehr arbeitet, weil er genügend Geld hat." Rina schaute sie mit aufgerissenen Augen an. „Er hat schon einmal etwas Böses getan, bei einer alten Frau, aber das kann ich nicht genau sehen."

Lea brachte Rina gleich einen neuen Kakao, weil sie nach ihren Wahrnehmungen oft völlig erschöpft war.

Aber alle hatten das notiert, ohne zu ahnen, dass genau das noch einmal eintreten könnte. Nachdem Fabian alle darauf eingeschworen hatte, in alle Richtungen zu ermitteln, einigten sie sich darauf, jeden Tag um 18.00 Uhr ihre Ergebnisse zu vergleichen.

Am nächsten Morgen schwärmten die Mitglieder des Krimiclubs motiviert und neugierig aus, um Informationen zu sammeln. Anja hatte sich entschlossen, ihre früheren Kollegen in der Stadtverwaltung zu besuchen und dann bei der Stadtentwicklung nach Kontrollen zur Zweckentfremdung von Wohnungen nachzufragen. Jutta nutzte die Gelegenheit, sich mit den Frauen aus dem Hotelbereich zum Brunch zu treffen, mit denen sie früher sehr gut zusammengearbeitet hatte und die sie schon lange mal kontaktieren wollte. Als sie am Abend angerufen hatte, war die Idee zu diesem Brunch entstanden.

Heute hatte Jutta nicht wie üblich lange vor dem Kleiderschrank gestanden, sondern spontan zu einem blaugrünen sommerlichen Kleid gegriffen. Sie freute sich auf das Wiedersehen mit den Frauen, die nach den ersten Minuten Small Talk, vor allem über die Fülle an Arbeit stöhnten und sie um ihren Ruhestand beneideten. Nachdem sie vorsichtig den Betrug mit Ferienwohnungen erwähnte, staunte sie über die Fülle an Informationen, die sie dazu bekam. So viel hatte sie gar nicht erwartet. Beinahe hätte sie sich Notizen gemacht, hielt sich aber gerade noch zurück, um ihre Undercover-Mission nicht zu gefährden.

 Wie hatte das Miss Marple damals wohl gemacht? Sie musste doch auch alles, was sie tagsüber hörte, im Hinterkopf behalten und konnte es erst abends fein säuberlich aufschreiben. Und sie hatte an keiner Stelle über ihr Gedächtnis geklagt, obwohl sie in der ersten Geschichte vermutlich 65 Jahre war, also genauso alt wie sie! Nachdem Jutta sich fast beschämt daran erinnert hatte, konzentrierte sie sich noch mehr. Sicherheitshalber notierte sie aber, zurück in

der WG, doch das Wichtigste. Pünktlich 18.00 Uhr kam Fabian
vorbei und weil das Wetter noch so angenehm warm war, setzten
sie sich mit einem Eistee auf die Terrasse.

„Es gibt einige Neuigkeiten, die andeuten, dass es hier nicht nur um
den Betrug von Urlaubern geht", begann er. „Die Polizei hat einige
Fälle mehr als wir erfasst, aber dafür hatten sie noch nicht alle, die
uns bekannt sind. Aber zunächst der Reihe nach. Charlie ist noch
ganz verbissen an der Sache. Der Betrüger muss ein Technikfreak
sein, weil jedes Mal nach Eingang der Anzahlung, die Bankkonten
total verschwinden. Das ist auch bei Internetbanken nicht üblich.
Lea wird morgen mit Rina die Wohnung ansehen und den Terminkalender fotografieren. Bis dahin kommen wir ohne die genauen
Termine nicht weiter. Was habt ihr herausgefunden?"

Jutta hatte ihren Spickzettel im Zimmer gelassen und freute sich,
dass ihr wirklich alles wieder einfiel. „Es gibt in den umliegenden
Hotels eine Menge Hinweise darauf, dass Ferienwohnungen von
Betrügern angeboten werden, die sich hier auskennen. Es sind fast
ausschließlich Zweizimmerwohnungen mit eigenem Zugang und
immer zu einem Wochenpreis unter 1.000 Euro. Die Kaution liegt
zwischen 50 und 150. Eine Bekannte von mir, sie an einer Rezeption arbeitet, sagt sie könnte Romane darüber schreiben, mit welchen
Geschichten die enttäuschten Urlauber bei ihr nach Ersatz fragen."

„Bezieht sich das jetzt auf die gesamte Stadt oder lässt sich das
eingrenzen?"

„Nein, leider nicht, weil die Urlauber oft mehrere Hotels anfahren, bis sie etwas finden. Aber ich habe noch etwas, was mir wichtiger erscheint. Einer Bekannten, die an der Hotelbar arbeitet, hat ein Geschäftsmann erzählt, dass man versucht habe, ihn zu erpressen. Er hat mit seiner Frau in einer Ferienwohnung übernachtet, die er sonst auch geschäftlich nutzt, hier ganz in der Nähe. Nach einer Woche erhielt er ziemlich eindeutige Fotos mit der Aufforderung 3.000 Euro zu zahlen oder seine Frau würde die Fotos zu Gesicht bekommen. Er hat nicht gezahlt, weil keiner erpressbar ist, der mit der eigenen Frau schläft, aber ich habe sofort kombiniert. Was ist, wenn diesem Typen, die reine Abzocke von Urlaubern nicht mehr genügt und er weitergeht?"

„Hat nicht Rina bereits gesagt, er habe etwas Böses getan, hoffentlich wird es nicht noch schlimmer." Anja schüttelte sich. „Wenn man solche Sachen in einer Geschichte schreibt, ist das immer weit weg, aber bei den Ermittlungen kann man ja nicht mehr wegsehen. Ich habe heute nicht allzu viel erreicht, kann aber bestätigen, dass die Kontrolle durch die Stadtverwaltung angeordnet war, weil es eine anonyme Anzeige gab."

„Damit grenzt sich das Feld der Verdächtigen auf die Firma ein, die die Fenster putzt, aber das ist eine Sackgasse."

Fabian sah auf seine Unterlagen. „Heute auf dem Revier haben wir das schon diskutiert. Die Firma sagt, sie habe in diesem Zeitraum bei den Betroffenen gar keine Fenster geputzt."

„Aber wer hat dann die Fenster gereinigt?" Jutta überlegte. „Frau Herzog hat gesagt, dass die Fenster jeden Monat geputzt werden. Wenn das einen Monat nicht passiert wäre, hätte sie es bestimmt erwähnt."

„Du hast recht." Fabian machte sich eine Notiz. „Lea kann das morgen genauer prüfen. Denn wenn ein anderer vor Ort war, kann das nur unser Verdächtiger sein."

„Vielleicht hat er früher bei dieser Firma gearbeitet und wenn die Leute zu dem üblichen Termin ein bekanntes Gesicht sehen, fragen sie bestimmt nicht nach. Sobald Charlie einen Namen hat, gebe ich mich als Personalchefin aus und rufe dort an." Jutta war froh, die Ermittlung einen weiteren Schritt vorangebracht zu haben und lehnte sich entspannt zurück.

Es war gar nicht schlecht, so zu kombinieren, wie Miss Marple. Bei den Vorfällen im Restaurant „Mutter Schulze" hatte sie nur wenig mit der Aufklärung zu tun gehabt, aber dieses gemeinsame Entwickeln von Ideen und Prüfen von Indizien machte wirklich großen Spaß.

„Und was gab es, was über den Betrug hinausgeht?" Andreas hatte schweigend zugehört und rollte sich jetzt näher zu Fabian.

„Es gibt einen Überfall auf eine Vermieterin, auch eine ältere Dame. Sie wurde in der Gästewohnung von hinten niedergeschlagen, so heftig, dass die Frau noch im Koma liegt. Bisher hat niemand den Zusammenhang gesehen und mein Kollege hat es mir auch nur erzählt, weil er so stolz war, diesen großen Fall zu bekommen. Aber nach meinen Informationen waren wir schließlich überzeugt, dass die Fälle zusammengehören und vermutlich auch die Erpressung, von der Jutta erzählt hat."

„Und Rina sagte, er habe etwas Böses gemacht." Anja war ganz blass geworden. „Ich finde ja toll, was die Kleine weiß, aber ich möchte eine so beunruhigende Gabe besser nicht haben."

„Das brauchst du doch auch nicht", lachte Andreas. „Aber man soll nie nie sagen. Irgendwelche versteckten Talente wirst du schon haben."

Anja lächelte nur, weil sie über einige ihrer Fähigkeiten hier wirklich noch nie gesprochen hatte, aber ihre Stunde würde schon noch kommen.

Am nächsten Tag kamen die Ermittlungen deutlich voran, denn als Lea und Rina mit Frau Herzog die Wohnung in der Novalisstraße betraten, krümmte sich die kleine Rina plötzlich wie vor Schmerzen und zeigte auf ein eingebautes Wandregal. Lea sah sofort nach und entdeckte gleich die Wanze, nach kurzer Zeit auch eine zweite. Als sie vor einem Jahr die Erpressung in Henrys Wein- und Spirituosen-Handlung aufgedeckt hatte, spielten diese Abhörgeräte auch eine Rolle, daher kannte sie sich aus. Ihrem kontrollierenden Blick entgingen auch nicht die zwei Mikrokameras, die in den Lampen dicht unter der Decke angebracht waren, auch so etwas hatte sie damals gesehen. Dann ging sie ohne eine Bemerkungen darüber, mit Frau Herzog in deren Büro, um den Terminkalender zu fotografieren. Da sie den Zeitraum schon eingrenzen konnte, fragte sie nur noch beim Fensterputz-Termin Anfang April nach.

„Das war komisch", erinnerte sich Lilly Herzog. „Eigentlich hatte der Dierk mir erzählt, dass er kündigt. Dann kam er doch wieder zum Termin, aber die Fenster waren wie immer blitzeblank."

Fabian meldete sich sofort, als Lea nach Verlassen der Wohnung anrief. „Wir haben hier alles, was man für eine Erpressung benötigt. Kameras, Wanzen, das ganze Repertoire.

Ich habe alles unverändert gelassen, damit es deine Kollegen später einsammeln können. Und diese Firma hat tatsächlich nicht die Fenster geputzt, sondern ein ehemaliger Mitarbeiter, der Dierk heißt. Er ist Mitte Zwanzig, hat blonde lockige Haare und soll immer braun gebrannt sein. Ach ja, er hat sehr weiße Zähne, vermutlich gebleicht. Rina hat bestätigt, dass das Spionagematerial zu ihm gehört. Aber bei Frau Herzog ist nichts passiert, was mit einer Gewalttat zu tun haben könnte. Das muss dann woanders gewesen sein."

Fabian lachte. „Jetzt bin ich versucht zu salutieren. Das ist toll, was du herausgefunden hast. Vielen Dank für das schnelle Ergebnis."

Obwohl die Beschreibung und der Vorname fast zu wenig für einen Anruf waren, versuchte Jutta sofort ihr Glück, nachdem Fabian sie informiert hatte. Und als es klappte, wäre sie vor Freude fast hochgesprungen. Sie hatte nur den Vornamen genannt, als die Personalchefin der Firma sie schon mit Warnungen überzog. „Wenn ich Sie wäre, würde ich von diesem Beachboy die Finger lassen. Er ist unzuverlässig, faul und glaubt sein Siegerlächeln würde ihn durchs Leben bringen, ohne wirklich arbeiten zu müssen."

Für Jutta war das zwar auch interessant, aber sie fieberte dem Nachnamen entgegen, während die Frau ihren ganzen Frust abließ, bis es ihr endlich gelang, eine Frage nach dem Arbeitszeugnis dazwischen zu schieben. Das brachte die Frau erst recht in Rage.

„Ich rufe es sofort auf meinem Rechner auf. Ja, klar, hier steht Dierk Greves, ausgeschieden am 15. März. Hat er etwa behauptet, keins bekommen zu haben?"

Jutta beeilte sich, der Dame zu versichern, dass sie ihr sehr geholfen habe. Dann meldete sie sich stolz bei Fabian. Der lachte wieder erfreut. „Ich frage mich wirklich, was ich früher falsch gemacht habe, jetzt laufen die Ermittlungen viel schneller ab. Es muss an den Top-Leuten liegen, die ich jetzt habe. Ich gebe den Namen gleich an Charlie weiter."

Aber das war nicht nötig, denn der trommelte gerade an die Wohnungstür, mit Rina im Schlepptau.

„Wir haben endlich seine IP-Adresse herausbekommen, der Kerl benutzt nämlich unterschiedliche Namen. Manchmal heißt er Greves, dann Graves und manchmal auch Müller-Greves. Und er wohnt in der Wielandstraße 37."

Weil Fabian erstaunt den Kopf schüttelte, schob Charlie nach.

„Doch da ist er gemeldet."

Fabian lächelte. „Das galt nicht dir, aber genau unter dieser Adresse wohnt Oliver. Ich rufe ihn sofort an."

Oliver war zuhause und erklärte gleich, dass weder ein Greves noch ein Graves dort wohnen würde. „Vielleicht ist er bei einer Frau im Haus gemeldet, aber sein Name steht hier nirgends, nicht am Briefkasten und nicht am Klingelschild."

„Damit haben wir schon wieder eine Sackgasse", stellte Fabian fest. „Also brauchen wir jetzt dringend eure strategischen Ideen. Ich hoffe, dass ihr sie heute Abend vorstellen könnt."

„Natürlich, wir sind seit gestern bereit."

Fabian legte auf und drehte sich wieder den Kids zu. „Danke ihr beiden. Das war hervorragende Arbeit. Charlie, deine Computer-Ausdrucke brauchen wir als Beweismittel, das ist sehr wichtig. Und Rina, falls du spüren solltest, dass dieser Mann etwas Neues plant, sagst du mir gleich Bescheid."

Rina nickte feierlich und ging mindestens genauso stolz wie Charlie zurück.

Am Abend traf sich der gesamte Krimiclub, um die richtige Strategie zu finden, mit der Dierk Greves/Graves festgenagelt werden könnte. Wie auch an den Abenden vorher, wurde dafür wieder die Terrasse genutzt. Eine gute Gelegenheit für Anja mit ihrer Waldmeister-Bowle zu punkten, die sie für die Kids entschärft hatte.

Andreas begann zu erläutern: „Wir werden auf der Webseite genau

die Wohnung in der Novalisstraße buchen und dann die Bank-
überweisung für die Kaution verweigern beziehungsweise das
Doppelte bieten, wenn ich bar bezahlen kann. Wenn ihr zustimmt,
würde ich gleich loslegen und zwar mit einem Prepaid-Handy."
Während sich die anderen noch unterhielten, klingelte das Handy
plötzlich. Andreas ging etwas abseits in Richtung Hecke. Die anderen lauschten zwar aufmerksam, konnten aber nur Bruchteile des
Gespräches verstehen.

„Ich hatte darum gebeten angerufen zu werden", erklärte Andreas,
als er zurückkam. „Unser Junge hat angebissen. Als ich gesagt habe, dass meine Konten überwacht werden und ich deshalb bar zahlen möchte und notfalls auch das Doppelte, hat er gleich zuges-
timmt. Morgen um 11.00 Uhr in der Wielandstraße an der Bushal-
testelle. Ich habe ihm gesagt, ich käme im Rollstuhl, das scheint ihn
beruhigt zu haben."

„Super, ich informiere gleich den Ermittlungsleiter."Auch Fabian
ging für seinen Anruf etwas zur Seite, während die anderen noch
darüber diskutierten, wer außerdem noch dabei sein durfte.

„Wir haben morgen Schule", seufzte Charlie. „Das ist echt schade,
aber bei Sachkunde darf ich nicht fehlen, das ist immer spannend."
„Ich könnte dabei sein", überlegte Rina. „Ich habe erst nachmittags
Unterricht. Aber es ist bestimmt wieder zu gefährlich."
„Da hast du absolut recht, aber du weißt, dass deine Aufgabe wich-
tig ist, auch wenn du nicht vor Ort bist."

Rina nickte nach Fabians Wertung zufrieden, denn die anderen
Frauen durften ebenfalls nicht direkt dabei sein. Auch wenn das
Jutta und Anja sehr schwer fiel, sahen sie es ein. Lea konnte sich
ihre Kritik nicht so leicht versagen. „Wenn ich nicht morgen Vor-
mittag einen Kochkurs halten würde, hätte ich deinen Plan in der
Luft zerfetzt. Wir haben oft genug bewiesen, dass wir mit solchen
Situationen genauso oder sogar besser klarkommen, als Männer."

Am nächsten Morgen war die Stimmung bereits beim Frühstück
angespannt. Andreas verhielt sich so ungewohnt schweigsam,
so dass Jutta und Anja ihn nicht mit ihren Sorgen oder Bedenken
zusätzlich nerven wollten. Also aßen sie schweigend bis Andreas
von Oliver mit einem beeindruckenden schwarzen Auto abgeholt
wurde. Sie wollten sich vorher noch mit den Ermittlern treffen und
dann pünktlich zur Wielandstraße fahren.
Nachdem sie allein waren, lief Jutta unruhig durch den großen Gemeinschaftsraum. Das Kombinieren der Fakten bei diesem Fall
hatte echt Spaß gemacht, aber wenn es ernst wurde, war es für sie
alle wirklich gut die Polizei an ihrer Seite zu haben. Aber dieses
nervtötende Warten war schwer zu ertragen! Anja sah ihr lächelnd
zu. „Die Zeit vergeht nicht schneller, wenn du das Parkett ab-
läufst."
„Wenn man wenigstens wüsste", begann Jutta, da klingelte das
Telefon. Sie flog förmlich dorthin, um zu hören, dass alles gut ge-

gangen sei, aber es war Lea, die ziemlich aufgeregt klang.

„Rina sagt, dass bei Frau Herzog etwas Schlimmes passieren wird, aber ich kann nicht weg. Ich bin doch mitten in meinem Kochkurs und Fabian erreiche ich auch nicht. Könnt ihr übernehmen?"

„Natürlich, wir machen uns sofort auf den Weg. Ich rufe ein Taxi", rief sie Anja zu, die die Warnung mitbekommen hatte. Aber Anja schüttelte den Kopf. „Ein Taxi braucht zu lange, schon wegen der Dauerbaustelle zwei Straßen weiter. Ich habe draußen einen E-Scooter zum Mieten gesehen, mit dem sind wir schneller."

Jutta war höchst misstrauisch, denn eigentlich konnte sie diese Geräte überhaupt nicht leiden, die häufig den Gehweg versperrten, aber Anja ließ ihr keine Wahl. Sie hatte schon einen Roller mit ihrem Handy entriegelt und drängte. „Stell dich einfach hinter mich und halt dich an mir fest. Los geht's!"

Und schon rasten sie mit Überschallgeschwindigkeit den Gehweg entlang. Vielleicht war es auch langsamer, aber Jutta erschien das Tempo atemberaubend. Nach kurzer Zeit erreichten sie die Novalisstraße. Während sich Anja noch um den Scooter kümmerte, schlich Jutta vorsichtig auf das Haus zu, das sie bisher nur von Fotos kannte. Als sie näher kam, hörte sie schon die empörte Stimme von Lilly Herzog. „Was machst du denn hier? Wie bist du überhaupt hereingekommen?"

Jutta drehte sich zu Anja, die gerade zu ihr aufgeschlossen hatte und bedeutete ihr zu schweigen, um besser mithören zu können.

Aber genau in dem Moment hörten sie einen Schrei und dann einen dumpfen Schlag, als ob etwas umgefallen sei. Das musste aus der Einliegerwohnung gekommen sein.

Beide sprinteten sofort die Treppe zum zweiten Eingang hoch, als ihnen ein junger Mann mit blonden Haaren entgegen stürmte. Anja sprang angstvoll zur Seite, aber Jutta schob instinktiv ein Bein vor, über das der Unbekannte zwar stürzte, sich aber sofort wieder aufraffte und verschwand. Jutta wäre ihm am liebsten gefolgt, aber zuerst mussten sie sich um Frau Herzog kümmern. Die saß wie ein Häufchen Elend auf einem Sessel und hielt sich wimmernd das Handgelenk.

„Sind Sie schwer verletzt? Können Sie sprechen?" Jutta beugte sich zu der alten Dame, die offensichtlich einen Schock hatte, während Anja den Notarzt anrief. Bis der kam hatten die beiden für Lilly Herzog Beruhigungstee gekocht, das verletzte Handgelenk in eine Schlinge gebettet und den Raum gründlich untersucht, um zu begreifen, was Greves dort gewollt hatte. Von Lea wussten sie, an welchen Stellen er seine Spionagetechnik installiert hatte, davon war einiges verschwunden.

„Wahrscheinlich war dieser Mieter nicht ergiebig genug und er wollte die Geräte woanders nutzen, aber das wird die Polizei schon herausfinden, wenn sie ihn endlich dort haben, wo er hingehört."
Nachdem der Notarzt eine Handgelenksfraktur diagnostiziert hatte und Frau Herzog gleich in die Klinik einliefern ließ, erreichte Jutta

endlich Fabian an seinem Handy. Nachdem sie ihn über die Vor-
kommnisse bei Lilly Herzog informiert hatte, konnte sie ihre Frage
nicht mehr zurückhalten. „Und habt ihr ihn? Hat alles geklappt?"
„Ich könnte jetzt sagen, wie kannst du an uns zweifeln? Aber
manchmal kommt es anders als erwartet. Das erzählen wir euch
aber heute Abend, wenn alle dabei sind."

Pünktlich 18.00 Uhr war der gesamte Sonntags-Krimiclub ver-
sammelt und so unwahrscheinlich neugierig, dass die Leckereien,
die Anja und Lea für die Siegesfeier vorbereitet hatten, fast zur
Nebensache gerieten. Jutta hatte genügend Sekt dafür eingekauft
und dabei sogar eine alkoholfreie Sorte entdeckt, so dass die Kids
mit allen auf den Sieg anstoßen konnten.

Danach schob Jutta die Leckereien zunächst zur Seite. „Erst will
ich wissen, wie ihr ihn festgenommen habt, denn beinahe hätte ich
ihn vor euch geschnappt."

Fabian lächelte zufrieden. „Wir hatten wirklich alles gut geplant.
Aber niemand konnte damit rechnen, dass sich so ein Idiot durch
den Rollstuhl gestört fühlte und Andreas anpflaumte."

„Aber deswegen haben sich sofort einige Frauen schützend vor
mich gestellt, das war zwar menschlich sehr schön, aber nicht unbedingt gut für die Situation. Alles sollte unauffällig laufen, sonst
wäre ja unser Zielobjekt abgeschreckt worden. Also musste ich sie
etwas verscheuchen und dann hat es geklappt. Sobald Greves das
Bargeld in der Hand hatte, klickten die Handschellen. Er war so

verdattert, weil er vermutlich nicht erwartet hat, irgendwann doch erwischt zu werden."

„Und jetzt wird er sehr lange Zeit darüber nachdenken können", schloss Fabian ab und wollte gerade die Platte mit Essen wieder heranziehen, als Charlie rief: „Ich habe noch etwas gefunden, er hat ein Haus. Es liegt am Stadtrand und dort ist niemand gemeldet."

„Dann ist es vielleicht nur eine Ruine oder eine Lagerhalle", vermutete Jutta.

Aber Charlie schob ihr den Monitor zu, auf dem ein ziemlich luxuriöses Haus zu sehen war. „Sieht so eine Ruine aus?"

Fabian pfiff durch die Zähne, es hörte sich fast so an, wie bei Charlie. „Das ist ja das Sahnehäubchen auf diesem Fall, ich rufe sofort den Ermittlungsleiter an." Nach wenigen Minuten kam er zurück und grinste. „Er hat mich gefragt, ob er meine Spezialkräfte abwerben könnte, aber ich habe ihm geantwortet: Für kein Geld der Welt!"

Die Büchse der Pandora

„Dieser wunderbare Sommer könnte endlos sein, wenn ich das zu entscheiden hätte." Jutta Keller lehnte sich zufrieden in ihrem bequemen Sessel zurück und genoss die Sonne, die langsam neben dem großen Apfelbaum unterging. Sie hatten den ganzen Tag im Garten gearbeitet, der nun wieder so gepflegt aussah, wie er sein sollte. Obwohl sie früher nie einen Garten vermisst hatte, schien er jetzt so etwas wie ihr Höhepunkt des Tages zu sein.

Es ging nicht nur um beschauliches Sitzen und Betrachten der Natur, ihr gefiel sogar das Pflanzen, das Jäten und vor allem das Ernten. Heute hatte sie mit Anja Erdbeeren gepflückt, während Andreas die kleine Kirschplantage aberntete, damit Anja später daraus ein Feen-Feuerrad oder einfacher gesagt, einen Kirschkuchen backen konnte.

Jutta hatte noch Kohlrabi und Möhren für den nächsten Tag vorbereitet und Holunderblüten in Teig frittiert. An dieses Rezept konnte sie sich noch aus ihrer Kindheit erinnern und sie war fest überzeugt, dass es jetzt sogar besser schmeckte. Was natürlich an der Sahne liegen konnte, die sie großzügig verwendet hatte.

Nun saß sie völlig entspannt, in einem leichten blaugrünen Sommerkleid mit Anja und Andreas auf der Terrasse, eine Früchtebowle mit Erdbeeren und den ersten Johannisbeeren neben und Mozarts „Kleine Nachtmusik" hinter sich.

„Ich wäre auch dafür, dass ein so schöner Sommer endlos wäre",
stimmte Anja ihr zu und streckte ihre Beine lang aus, die in hell-
blauen Caprihosen steckten. „Aber ich freue mich auch auf den
Winter, wenn das Feuer im Kamin knistert und es langsam schneit.
Hoffentlich haben wir bis dahin noch genügend Geschichten, die
uns geistig wachhalten."

„Wenn es so weitergehen würde wie bisher, wäre ich auch mehr als
zufrieden." Andreas trug wie üblich seine khakifarbigen Hosen und
ein hellblaues Hemd, eine Kombination, die er als Student schon
getragen hatte. Er schob seinen Rollstuhl näher zu den Frauen und
goss ihnen Bowle nach. „So haben wir nicht zu viel, aber auch
nicht zu wenig Spannung. Einmal im Monat echte Action und dann
wieder Raterunden zu den Tätern. Seit dem Fleischdiebstahl bei
„Mutter Schulze" und dem Urlaubsbetrüger ist ja schon wieder
etwas Zeit vergangen. Bei allem Hochgefühl, damals waren wir ja
als Club wirklich gut und vor allem schnell, aber jetzt könnte mal
wieder etwas Neues kommen."

„Das kommt auch." Jutta schob die Sonnenbrille nach oben in
die Haare, denn jetzt hatte sich die Sonne endgültig verabschiedet.
„Wir haben morgen wieder einen Gast, Susanne Brenner.
Ihr gehört das „Minerva", ein relativ kleines, aber feines Hotel im
Speckgürtel. Dort steigen hauptsächlich Leute aus der Musik- oder
Theaterszene ab, die ungestört sein wollen und Wert auf ihre Pri-
vatsphäre legen. Ich habe das Haus früher mal eingerichtet, daher

kennen wir uns auch persönlich. Susanne hat von unserem Erfolg bei Sandra Fischer gehört und hofft, dass wir ihr Problem auch so schnell und diskret in den Griff bekommen. Soweit ich das verstanden habe, geht es um einen Diebstahl, der bisher unter Verschluss gehalten wurde. Bei den vielen Prominenten wäre das verständlich, aber mehr weiß ich noch nicht."

Dann betonte sie in Anjas Richtung. „Vielleicht sollten wir nachher noch mal dein Edelsteinbuch betrachten, damit wir gewappnet sind, falls es um wertvollen Schmuck gehen sollte."

„Es kann sich eigentlich nur um so etwas oder Bargeld handeln, was sollte man denn sonst aus einem Hotelzimmer stehlen?"

Am nächsten Nachmittag versammelten sich die Stammgäste wie jeden Sonntag, um guten Kaffee, Tee oder Kakao zu trinken, Pollys kalorienarme Cupcakes zu kosten und eine gute Geschichte zu genießen, die die Gehirnzellen trainierte und die Stimmung hob.

Heute gab es, in Anbetracht der steigenden Temperaturen, Eiskaffee, Eistee und Eisschokolade aus der Testküche von Jutta, Andreas und Anja, die seit Tagen experimentierten und in dieser Zeit fast nur von Eis gelebt hatten.

Als erste kamen wie jeden Sonntag die Kinder der Sommer-Familie, Rina mit den rotblonden Henkelzöpfchen und Charlie Braun mit den schokobraunen Locken, beide in neuen Shorts in grün. Begleitet wurden sie wie immer von ihrer Grannie Lea, der

Küchenchefin des Event-Hotels und dem Privatdetektiv Fabian
Köster, die beide bei den letzten gemeinsamen Aktionen sehr zum
Erfolg beigetragen hatten, ebenso wie die Kinder, die heute schon
auf neue Abenteuer hofften.

Anja, die den großen Raum im Erdgeschoss für den Krimiclub vorbereitet hatte, schaute bereits vorsichtig nach ihrer Stuhlreserve,
falls heute doch mehr Interessierte als sonst kämen. Aber nachdem
sich noch Oliver, ein ehemaliger Polizist wie Andreas und Fabian
auch eingefunden hatte, schien die Runde komplett, denn Emilia
Richter hatte nur noch einmal Grüße von ihrer bisher sehr erfolgreichen Lesereise geschickt.

Susanne Brenner, eine schlanke, elegante Frau mit einer interessanten Haarfarbe, schaute überrascht auf die kleine, doch sehr unterschiedliche Runde, als sie von Jutta in Empfang genommen und zu
ihrem Platz geführt wurde, so als würde sie gerade überlegen, ob
sie im falschen Film gelandet sei.

Dann aber konzentrierte sie sich, schob eine Strähne ihrer zimtfar-
benen Haare, die sich aus dem französischen Zopf gelöst hatte,
hinter das rechte Ohr und begann ihr Problem zu schildern. „Sie
haben sicher bemerkt, dass ich gestutzt habe, als ich diese unge-
wöhnliche Zusammensetzung des Clubs gesehen habe, aber wahrscheinlich ist das genau richtig, denn mein Problem ist auch ungewöhnlich." Sie lächelte und wandte sich an die Kids.

„Von euch habe ich wahre Wundertaten gehört, ich hoffe, ihr könnt einige davon wiederholen. In meinem Hotel „Minerva" steigen prominente Gäste gerne ab, weil wir eine Atmosphäre bieten, in der nichts nach außen dringt, keine Nachrichten an Zeitungen, keine heimlichen Fotos für die Klatsch-Presse oder Ähnliches. Darauf sind wir besonders stolz und das garantiere ich auch. Aus diesem Grund ist das Personal natürlich handverlesen, ich habe jeden einzelnen selbst ausgesucht. Deshalb trifft mich das Problem, das wir jetzt haben, besonders hart.

Vor zwei Tagen war eine Musikerin, eine sehr bekannte DJane, bei uns. Wir haben uns fast überschlagen, alles bestens und zu ihrer Zufriedenheit vorzubereiten und ausgerechnet sie beklagte sich am nächsten Morgen bei mir. Aus der Tasche in ihrem Zimmer sollen Bargeld und ein ganz besonderer Talisman gestohlen worden sein. Dabei handelt es sich um ein flaches Kästchen aus Ebenholz mit einigen Schnitzereien in asiatischer Tradition. Sie hängt sehr daran, weil sie es damals von ihrem Vater zum ersten Auftritt bekommen hat. Innen ist auch ein Erinnerungsfoto davon und außerdem ein weiterer Gegenstand, der, wenn wir ihn nicht schnell finden, einen Riesenskandal auslösen könnte.

Natürlich kann ich bei so etwas nicht die Polizei einschalten, zumal die Geldsumme nicht der Rede wert war."

„Verstehe ich das richtig, du hast bereits selbst ermittelt, aber das genügt offensichtlich nicht?" Jutta wollte sichergehen.

„Stimmt, denn da gibt es ein zusätzliches Problem. Mein Sicherheitschef hat versucht, die Sache diskret aufzuklären. Er hatte relativ schnell einen Verdächtigen, Moritz Heim, den Azubi von der Rezeption. Der ist Anfang 20, und eigentlich hatten wir bisher überhaupt keine Probleme mit ihm.

Beschuldigt wurde er von Nina, einem Zimmermädchen, die erzählte, sie habe Moritz gesehen, als er das Zimmer dieses Gastes verließ. Er habe sie auch gesehen, aber nicht auf sie reagiert, obwohl sie ihn angesprochen habe. Wahrscheinlich sei er immer noch wütend auf sie, weil sie sich getrennt hätten."

„So etwas kommt ja unter Paaren auch vor." Jutta nickte und versuchte die Problematik besser einzuordnen.

„Aber diese Aussage sei nicht hundertprozentig, sagt mein Sicherheitschef. Da die beiden kein Paar mehr sind, könnte es natürlich auch sein, dass sie ihn aus Rache belastet. Außerdem schwört der Chef der Rezeption, der Moritz ausbildet, dass der die Hotelhalle zu dieser Zeit garantiert nicht verlassen hat, weil da gerade eine Band eincheckte und jede Hand gebraucht wurde. Die Bilder der Überwachungskamera bestätigen das."

„Ist denn ein Talisman so wichtig, dass ein Diebstahl tatsächlich in Frage käme?" Fabian sah man an, dass er sich so etwas überhaupt nicht vorstellen konnte und seine Vorfreude auf einen spannenden Fall schon sichtbar schwand.

Susanne schien von seiner Reaktion nicht überrascht und lächelte nur zurückhaltend. „Es gibt für alles einen Markt, solange es Fans gibt. Vor allem in den USA gibt es schon regelrechte Streifzüge durch die Hotels, um Souvenirs zu beschaffen."

„Ist das Ihr Ernst, da kauft wirklich jemand einen Schlüsselanhänger oder ein Püppchen, nur weil es ein Star in der Hand hatte? Und zahlt auch noch Geld dafür?" Andreas schien das ebenfalls sehr zu bezweifeln, denn er schüttelte ungläubig den Kopf.

Susanne lächelte wieder, immerhin war sie auf diesem Gebiet besser bewandert. „Für die Künstler selbst ist natürlich der Verlust ihres fast heiligen Talismans schon ein so großes Problem, das die nächste Nervenkrise auslösen kann. Aber für Fans ist jedes noch so kleine Stückchen, das ihr Idol benutzt hat, viel Geld wert. Und es gibt Leute, die damit ein riesiges Geschäft aufziehen. Ich erinnere mich daran, dass die Haushälterin von John Lennon nach seinem Tod einen Zahn von ihm für rund 31.000 Dollar verkauft hat. Offensichtlich hat sie in der Zeit, in der sie für ihn gearbeitet hat, systematisch alles gesammelt und aufgehoben, was sich vermarkten ließ und damit viel Geld verdient. Andere auch, dafür gibt es unzählige Beispiele."

Stimmt!", rief Anja. „Erst vor einiger Zeit hat ein Fan für ein benutztes Papiertaschentuch der Schauspielerin Scarlett Johansson, das in einem Täschchen mit ihrem Namen steckte, 5.300 Dollar bezahlt."

„Bei Ebay wurde eine Jacke von Bruce Lee für 45.000 Euro angeboten, aber ich habe verzichtet", rief Lea. „Sollte einen die Jacke jedoch in die Lage versetzen, Kung-Fu so perfekt zu beherrschen wie Bruce Lee, könnte ich mir das vielleicht überlegen."

Jutta lachte und ergänzte. „Ich glaube, dass es für die Fans dabei weniger um den Preis geht, sondern um das Gefühl seinem Idol nahe zu sein, ein Stück von ihm zu besitzen. Ich erinnere mich, dass es bei der Versteigerung von Röntgenbildern der Brust von Marylin Monroe fast eine Schlägerei gab."

„Mit der Frau hätte ich gerne mal getanzt oder auch mehr", stellte Fabian fest. „Aber Röntgenbilder wären wirklich das Letzte, womit ich mich an eine schöne Frau erinnern möchte. Zurück zu dem Talisman. Was ist denn so Besonders daran? Ein Foto, das verloren geht, ist doch in den meisten Fällen noch irgendwo gespeichert. Also worin besteht die Sprengkraft? Muss ich den Jung-Detektiven die Ohren zuhalten oder kann man darüber reden?"

„Das brauchst du nicht, Onkel Fabian", rief Rina und unterbrach ihr Stricken an einem endlos langen grünen Schal. „Es geht um etwas, das die Frau von ihrem Ex aufbewahrt hat, aber der Mann mit dem sie jetzt lebt, darf das nicht wissen, weil sie ihn betrogen hat."

„Wow, besser hätte ich das auch nicht umschreiben können." Susanne konnte ihr Erstaunen kaum verbergen, freute sich dann aber sehr über die Treffsicherheit. „Das hast du echt gut erkannt und das sagt mir auch, dass ich hier genau an der richtigen Stelle bin. Das Problem ist, dass die Dame eine Art Beziehungspause von ihrem Mann eingelegt hatte, allerdings hat sie ihn in dieser Zeit mit seinem besten Freund und Geschäftspartner betrogen. Und der Geschäftspartner hat auf der Rückseite des mehr als eindeutigen Fotos von beiden einiges notiert, was er besser für sich behalten hätte, unter anderem seinen vollen Namen. Sollte das jemals an die Öffentlichkeit gelangen, ist der größte europäische Musikkonzern Vergangenheit. Das Kästchen ist also mindestens so gefährlich wie die Büchse der Pandora in der griechischen Mythologie. Deswegen muss schnell gehandelt werden. Kann ich mit Ihnen rechnen? Würden Sie diesen wirklich nicht einfachen Fall übernehmen?"

Fabian sah sich aufmerksam in der Runde um und sah nur Zustimmung in Form von Nicken oder erhobenen Daumen. Also stimmte er ihr noch etwas zögerlich zu.

„Wir machen es, aber noch habe ich etwas Bauchschmerzen, weil uns viele Angaben fehlen. Wie schätzen Sie denn die Beobachtung des Zimmermädchens ein, denn davon hängt ja viel ab?"

Susanne Brenner hatte zwischenzeitlich die moosgrüne Jacke ihres Kostüms abgelegt und ein Tablet aus ihrer großen Tasche gezogen. „Wie Sie sehen habe ich mich vorbereitet. Das ist Nina, das Zimmermädchen." Sie zeigte auf eine junge Frau mit üppigen dunklen Haaren. „Sie ist eine der besten gewesen, hat aber leider gestern gekündigt, weil sich die meisten Mitarbeiter auf die Seite von Moritz gestellt und sie ziemlich unfair gemobbt haben. Ich hätte ihr geglaubt, aber ich glaube auch dem Chef der Rezeption, den ich schon sehr lange kenne."

„Gibt es denn unter den Mitarbeitern jemanden, der Moritz ähnlich sieht?" Lea äußerte sich sehr nachdenklich, war sie doch eher geschockt davon, was auch der Familie Sommer in ihrem Event-Hotel hätte drohen können, ohne dass jemand so etwas bedacht hatte.

Susanne wischte über das Tablet und ließ alle Fotos der männlichen Angestellten an den Blicken der interessierten Clubmitglieder vorbeilaufen. „Die Idee war gut, aber da ist wirklich nichts."

„Aber vielleicht hat er einen Bruder?"

Charlie Braun hatte zunächst nachgeforscht, was es mit dieser Pandora aus der griechischen Mythologie auf sich hatte und jetzt war ihm klar, dass man die Büchse schnell finden musste, ehe das Unheil der Welt aus ihr herausquoll. Deshalb verglich er als erster die Fotos der Angestellten auf dem Tablet genau, kombinierte dann sofort weiter und sah jetzt Susanne mit seinen schokobraunen Augen fragend an.

Sie zuckte nur die Schultern. „Von einem Bruder weiß ich wirklich nichts. Aber das könnte vielleicht in seiner Personalakte stehen. Ich weiß nur, dass er hier in der Stadt im Sankt Hedwigs-Krankenhaus geboren wurde. Die haben damals auch das Allergie-Testat ausgefertigt. Moritz leidet seit seiner Geburt an einer seltenen Allergie, über die ich natürlich Bescheid wissen muss, damit er nicht mit bestimmten Stoffen in Berührung kommt."

„Dann brauchen wir unbedingt das genaue Geburtsdatum", setzte Fabian sofort nach.

Susanne Brenner sah ihn zwar erstaunt an, bemerkte aber dann, wie schnell sich die Kinder mit dem Datum und ihrem Laptop in die hinterste Ecke des Raumes zurückzogen. Es dauerte nicht sehr lange, bis Rina die Arme hochriss. „Wir haben ihn!"

Charlie kam allerdings etwas zurückhaltender wieder in die Runde. „Er hat einen Zwillingsbruder, beide haben jedoch unterschiedliche Familiennamen. Vermutlich ist jeder von einer anderen Familie adoptiert worden und damit wissen wir auch nicht, ob sie sich überhaupt kennen."

„Das lässt mich wieder eher an Ninas Aussage glauben." Susanne überlegte noch, zu welchen Folgerungen diese Information führen würde. „Aber noch ist das zu wenig. Selbst wenn ich genau wüsste, Moritz hätte seinen Bruder eingeschleust und ich würde ihn deshalb feuern, dann ist noch lange nicht geklärt, ob andere beteiligt waren oder noch wichtiger, wo die sprichwörtliche Büchse der Pandora ist."

„Und selbst wenn wir Fingerabdrücke hätten, gäbe es Komplikationen, sollten beide beteiligt sein", gab Fabian zu bedenken.

„Erinnert euch an den Einbruch in das Berliner KaDeWe vor einigen Jahren, dafür ist bis heute keiner bestraft worden, obwohl die Diebe teure Uhren und wertvollen Schmuck in Millionenhöhe gestohlen haben. Die festgenommenen Zwillinge mussten wieder freigelassen werden, weil die DNA-Spur in einem sichergestellten Handschuh am Tatort keinem der beiden Brüder eindeutig zu-

geordnet werden konnte, da sie eineiige Zwillinge mit einem nahe-
zu identischen Erbmaterial sind. Falls es hier auch Zwillinge war-
en, müssen wir sie anders kriegen."

„Wir könnten diesen Moritz observieren und so feststellen, ob sie
sich kennen und eventuell zusammenarbeiten, denn sonst wäre das
ein wenig Zufall zu viel", rief Andreas und bewegte sich eifrig in
seinem Rollstuhl mehr zur Mitte.

„Sie kennen sich", murmelte Rina. „Der andere ist böse und zwingt
den Moritz noch einmal mitzumachen. Bald. Das Geschäft läuft
gut, sagt er, besser als alles andere, was er auch schon gestohlen
hat."

 Lea sprang sofort auf, als sie sah wie blass Rina durch ihre besonderen Vorahnungen geworden war und goss ihr von der kühlen
Schokolade nach. Auch Charlie reagierte schnell und ließ die Finger über die Tasten seines Laptops tanzen. „Sie haben aber noch
nichts ins Netz gestellt, es gibt auch keine Angebote bei den großen
Auktionshäusern. Vielleicht warten sie bis sie mehrere Sachen gesammelt haben."

„Dann reicht die Zeit vielleicht doch noch und wir könnten ihnen
eine Falle stellen, indem wir sie mit etwas Tollem locken. Und
wenn sie dann das Zimmer durchsuchen, haben wir sie oder wenigstens einen." Anja hatte sich richtig in Begeisterung geredet, sah
aber fragend in die Runde, als zu wenig Reaktion erfolgte.

„Du meinst, du willst als berühmte Schriftstellerin im „Minerva" einchecken?" Jutta hatte das nur ironisch gemeint, aber Susanne hakte sofort nach.

„Eine Schriftstellerin ist nicht lukrativ genug, selbst wenn sie so berühmt wie Nora Roberts wäre. Wir brauchen jemanden aus der Film- oder Musikszene, dessen Souvenirs ordentlich Geld bringen. Bei mir ist leider um diese Zeit keiner avisiert, aber…"

„Madonna kommt in die Stadt." Oliver, der bis dahin geschwiegen hatte, unterbrach sie aufgeregt. „Sie gibt keine Konzerte, deshalb ist darüber nur wenig bekannt. Sie macht einige Studioaufnahmen. Das weiß ich nur von einem Kumpel, der einen Limousinen-Service hat und dafür verpflichtet wurde."

„Madonna wäre echt der Hammer", rief Jutta. „Und aus der Sicht der Diebe auch lohnend, sie hat schon in den Achtzigern mit ihrem Ketten-Layering Trends gesetzt. Das heißt mehrere Lagen oder Schichten von Ketten übereinander", erklärte sie mit Blick auf die ahnungslosen Gesten der Männer. „Ihre Taschen zu räumen müsste für die Diebe unwiderstehlich sein. Nur wer könnte Madonna spielen?"

Sie sah sich fragend um, aber ihre WG-Mitglieder grienten nur.

„Du natürlich", lachte Andreas. „Du hast schon mal bei einer Veranstaltung des Hotels das Double von Madonna gegeben und viele sind darauf reingefallen. Das hast du uns selbst erzählt."

Als auch Anja bestätigend nickte, hob Jutta beide Hände.

„Gut ich gebe auf. Ich mache das. Aber ich singe auf keinen Fall, nicht mal aus Spaß!"

„Dann machen wir es so! Lasst uns sicherheitshalber den Ablauf noch einmal durchgehen, damit klar ist, wer was macht", schlug Fabian vor.

„Frau Brenner, Sie sichern ab, dass jemand aus ihrem Personal die Information vorsichtig streut. Sonst sind ja alle zu strengstem Stillschweigen verpflichtet, vertrauen sie möglichst keinem, auch nicht den Leuten, die sie schon lange kennen. Bei Geld werden viele schwach und bei schnell verdientem Geld sowieso. Am Dienstag checkt Madame M. ein, am besten am Vormittag, sicherheitshalber mit großem Hut und Sonnenbrille."

Jutta nickte sofort mit leuchtenden Augen.

„Begleitet wird sie sonst von einem großen Tross, aber sicher nicht, wenn sie inkognito reist. Es genügen ein Fahrer und eine Assistentin." Damit nickte er Andreas und Anja zu, die beide sofort zustimmend grienten.

„Wir beide", damit zeigte er auf Oliver und sich, „warten als Handwerker getarnt in der Suite auf den Besuch. Lea, du bist der wichtigste Beobachtungsposten in der Hotelhalle. Wir müssen sicher sein, dass es keine Absprachen an der Rezeption gab oder gibt."

„Super, ich werde als exzentrische Malerin gehen. Falls ihr mich nicht erkennen solltet, grün ist meine Farbe."

Ehe Rina, die schon aufgestanden war, sich äußern konnte, wandte sich Fabian den Kids zu. „Und ihr beide habt ja am Dienstag Schule, leider, aber vorher bitte ich euch, so viel wie möglich über den Zwilling herauszufinden. Wie heißt er denn überhaupt?"

„Das ist doch einfach", grinste Charlie. „Der Bruder von Moritz heißt natürlich Max, Max Knopf."

„Wir brauchen noch mehr über ihn. Du bleibst an der Sache dran, wenn er wie Rina sagt, schon öfter gestohlen hat, gibt es Unterlagen darüber. Und außerdem behaltet ihr die Angebote im Blick, damit die Büchse der Pandora nicht unverhofft den Besitzer wechselt. Und Rina, solltest du früher etwas bemerken, was diesen Max betrifft, dann rufst du mich sofort an."

Erfreut über ihre Sonderrolle setzte sich Rina wieder und grinste salutierend, wie ihr Bruder auch. „Wird gemacht, Onkel Fabian!"

Am nächsten Tag liefen die Vorbereitungen bereits am frühen Morgen. Oliver kümmerte sich um einen Leihwagen, der hochwertig, aber nicht so auffallend und für den Rollstuhl geeignet war. Währenddessen trafen sich Jutta, Anja und Lea bei dem großen Kostümverleih, den das Hotel der Sommer-Familie häufig nutzte. Erst nach einer Stunde verließen die Frauen, kichernd, beladen mit notwendigen Ausstattungen und Accessoires, aber auch höchst zufrieden den Verleih, um sich in Pollys Café auszutauschen und den kommenden Tag in allen Einzelheiten durchzusprechen.

Anja hatte früher als Visagistin bei großen Volksfesten gejobbt und ausreichend Erfahrung. „Ich werde dich so im Stil von Madonna schminken, dass Mama Ciccone keinen Unterschied bemerken würde und Hotelgäste sowieso nicht."

„Außerdem habe ich ja die tolle Perücke und den Hut, das wird schon klappen." Jutta lehnte sich zufrieden zurück, als sie den Gehstock in Leas Gepäck bemerkte. „Wozu soll der gut sein, du hast doch keine Hüftprobleme oder so etwas?"

Lea grinste nur und nahm den Stock aus der Tasche. „Zu einer exzentrischen alten Dame gehört so etwas. Aber das Ding ist noch viel besser."

Mit einer kurzen Drehbewegung entfernte sie den Knauf und legte ein dolchartiges Messer frei. „Natürlich ist das nicht scharf genug, um jemandem zu schaden, aber ihn in Angst und Schrecken zu versetzen, dafür reicht es."

„Was ich dich schon lange fragen wollte, aber das ist vielleicht viel zu neugierig…"

Jutta brach wieder ab, aber Lea grinste schon. „Ich schätze, du willst wissen, was mit Fabian und mir ist? Da kann ich dich beruhigen, wir sind die besten Freunde, aber mehr nicht. Wenn er dich interessiert, nur zu."

„Nein, so war es nicht gemeint, ich stehe eher auf jüngere Männer, weil die sich mehr in Form halten und auch pflegen. Manche Männer, vor allem ältere, scheinen das mit den Pheromonen missverstanden zu haben, Schweißfüße und ähnliches gehören nicht dazu.

Fabian betrifft das natürlich nicht."

Alle kicherten, bis Lea eine Lanze für ihre große Liebe brechen musste. „Mein Henry war etwas älter als ich, aber sehr gepflegt. Und er roch so gut, ein wenig rauchig, wie ein alter schottischer Whisky. Ich glaube, das Geheimnis einer guten Beziehung ist, dass man sich gut riechen kann. Und Fabian und Andreas müssten, was die Pflege betrifft, auch als jüngere Männer durchgehen."

„Natürlich", bestätigte Anja, „vor allem weil sie beim Gehen noch nicht schlurfen. Männer, die so etwas machen, sind für mich schon jenseits von Gut und Böse."

„Und für die Frauenwelt verloren", ergänzte Jutta weise.

Lea nickte ihr zu und lehnte sich bequem zurück. Es war wirklich angenehm mit Frauen zu plaudern, die im selben Alter waren. Natürlich konnte sie auch mit ihrer Tochter über alles Mögliche sprechen und wäre auch mit ihrer Enkelin klargekommen, aber diese Gespräche so nebenbei, das war etwas was ihr am Krimiclub neben der Spannung, besonders gut gefiel.

Während die Frauen noch weiter ihr Wissen über passende und unpassende Männer austauschten, legte Andreas schon seinen besten dunklen Anzug zurecht, diesmal war er höchst zufrieden mit der Rolle, die er spielte. Eigentlich hatte er lange geglaubt, emotional mit den Folgen seiner Verletzung abgeschlossen zu haben. Schließlich war er zwei Jahre brav zur Therapie gegangen und hatte sich wirklich bemüht, seinem stark eingeschränkten Leben noch

etwas abzugewinnen. Aber erst seit er in diese WG gezogen war,
fühlte er sich wirklich besser, häufig sogar gleichwertig mit anderen. Und an der Lösung eines Falles nicht nur theoretisch mitzu-
wirken, sondern auch praktisch dazu beizutragen, das war fast
so gut wie früher. Also würde er dafür sorgen, dass mit seinem
Part alles glatt lief.

Am nächsten Morgen ging es in Juttas WG zu wie vor einer Pre-
miere im Theater. Jeder versuchte seine Aufgaben bestens zu erledigen, Fehler zu vermeiden und den anderen möglichst nicht auf
die Nerven zu gehen. Was natürlich nicht klappte, da alles nervös
herumschwirrte und sich bei allem rückversichern wollte.
Erst als Jutta in einem totschicken schwarzen Hosenanzug mit sil-
bernem Bustier darunter, aus ihrem Appartement in den Flur trat,
wurde den anderen klar, dass das Vorhaben, das sie bisher nur in
ihrem Kopf geplant hatten, real und möglicherweise auch gefährlich wurde.
„Du siehst einfach perfekt aus, ein richtiges *Material Girl*.
Und ich hoffe, dass alles gut gehen wird." Anja, die ebenfalls
schwarz gekleidet war, reichte Jutta den überdimensionalen
schwarzen Hut, die Sonnenbrille und noch einen breiten schwarzen
Seidenschal mit silbernen Streifen.
Andreas war ebenfalls schon dabei, seine Rolle als Chauffeur zu
übernehmen. Sobald er die Frauen kommen sah, berührte er nur

den Sensor für die Türen im Fonds und ließ sie einsteigen. Anja blieb der Mund fast offen stehen, als sie den Innenraum sah.

„Wow, das ist ja eine richtige Nobelkarosse! In so etwas habe ich noch nie gesessen. Lasst uns das ausgiebig genießen."

Jutta, die schon auf der rechten Seite saß, setzte die Wageninspektion fort. „Und eine Trennscheibe zum Hochfahren! Wir sollten Andreas nicht ärgern, sonst schließt er uns aus. Aber wo ist der Sekt? Ich sehe weder Flaschen noch Gläser."

„Also das solltest du wirklich wissen: Alle Künstler trinken nur reines Quellwasser", meinte Anja tadelnd, bevor sie mit den anderen gemeinsam lachte.

Am Hotel lief alles wie geprobt. Frau Brenner persönlich nahm *Madame M.* und ihre Assistentin in Empfang und führte sie zur Suite in der ersten Etage.

Vorher hatte sie schon verbreitet, dass der geheimnisvolle Gast sich nur kurz frisch machen würde, um dann in ein Studio zu fahren. Und bereits am nächsten Morgen würde die Dame weiterreisen.

In der Suite brach dann ein regelrechter Begeisterungssturm aus. Anja bestaunte lautstark mit „Ahs" und „Ohs", die sehr geschmackvollen Räume und den Luxus der Ausstattung, während Susanne Brenner Juttas Maske und Auftreten aufrichtig bewunderte. „Wenn ich es nicht besser wüsste, hätte ich dich sofort um ein Autogramm gebeten. Wie habt ihr diese Hammer-Wimpern hinbekommen? Die von Madonna sollen aus echtem Nerz-Haar sein."

Jutta lächelte nur zufrieden und deutete auf Anja, während sie das silberne Bustier gegen ein pinkfarbenes wechselte.

„Die Künstlerin steht dort, sie hat riesiges Talent auf diesem Gebiet." Dann nahm sie aus dem einzigen Koffer der wirklich Kleidung enthielt, den Ersatzhut in pink und ein passendes Tuch, das sie sich über die Schultern warf. Nach dem kurzen Umstyling klopfte sie an die Tür, die zum zweiten Raum in der Suite führte. „Wir sind soweit."

Auch Fabian und Oliver standen zunächst sprachlos vor so viel Ähnlichkeit, begannen dann aber zu schimpfen, als sie die Koffer umräumten. „Was habt ihr denn eingepackt, Wackersteine oder was?", stöhnte Fabian.

Aber Anja lachte nur. „Alles, was man über das Verbrechen wissen muss, Krimis natürlich!"

Im Hauptraum blieben nur der Koffer mit Kleidungsstücken und eine Tasche mit sehr vielen Dingen, die die meisten Frauen für unverzichtbar halten würden. Darunter auch einige der sonderbaren Fotos, die Madonna häufig postete und die Jutta kühn ausgedruckt und mit Autogramm versehen hatte. Dazu natürlich Ketten in allen Varianten, bei einigen trug der Anhänger sogar ein eingraviertes M. Nachdem der Raum vorbereitet war, verließen die Frauen die Suite und Susanne begleitete sie wieder zum Ausgang. Jutta hätte sich gerne Lea angesehen, musste aber in ihrer Rolle bleiben. So konnte sie nur aus den Augenwinkeln eine grüne Wolke wahrnehmen, aber

Susanne hatte ihr versprochen Fotos zu machen. Bemüht unauffällig stiegen sie wieder ein und Andreas fuhr sie direkt zurück.

„Wir warten erstmal in voller Maske ab, ob wir noch einen zweiten Einsatz haben werden. Fabian sagt uns Bescheid."

„Ich fahre aber gleich zurück", rief Andreas. „Vielleicht werde ich dort noch gebraucht."

In der Zwischenzeit hatten es sich Fabian und Oliver in der Suite und Lea in der Hotelhalle gemütlich gemacht und warteten auf ihren Einsatz. Lea trug unter ihrem grünen Fascinator mit weißen Blumen eine silbergraue Perücke mit Löckchen und war in eine Wolke aus grüner Seide gehüllt. Natürlich war das Ganze nicht so bequem wie sie erwartet hatte, aber es erweckte genügend Eindruck, wie sie den geflüsterten Kommentaren hinter ihrem Rücken entnehmen konnte. Am liebsten hätte sie zufrieden gegrinst, hielt sich aber an ihre Rolle. Trotz des gelangweilten Gesichtsausdrucks achtete sie sehr genau auf die Rezeption.

Um 11.02 Uhr telefonierte der Chef der Rezeption mit jemandem, aber nur kurz, obwohl mehrere Menschen auf ihre Schlüssel warteten. Zwei Minuten später meldete sich Fabians Telefon, das stummgeschaltet war.

Rina, die gerade Pause hatte, flüsterte. „Er hat jetzt eine Nachricht bekommen und ist schon in der Nähe. Er wird gleich da sein."

Beide Männer sahen sich nur an und nahmen stillschweigend ihre Plätze im zweiten Raum ein, um alles durch den Türspalt verfolgen zu können. Sie hatten sich kaum zurückgezogen, als die Tür ziemlich forsch aufgeschlossen und geöffnet wurde.

Jemand in der Minerva-Hotel-Uniform, der genau wie Moritz aussah, trat herein und ging sofort zu den Gepäckstücken, um sie sehr sachkundig zu durchsuchen, ohne irgendetwas durcheinander zu bringen. In einem mitgebrachten Stoffbeutel verstaute der Dieb dann offensichtlich Fotos, Ketten und Geldscheine. Gerade als er sich vorsichtig zurückziehen wollte, traten Fabian und Oliver aus dem Nebenzimmer.

Sofort wandte sich der junge Mann zur Tür, um zu fliehen, nur da war schon Oliver, standhaft wie ein Fels.

Aber der Täter war noch nicht geneigt aufzugeben und rannte zum Fenster.

„Stehenbleiben", rief Fabian, doch der Zwilling riss ungerührt das Fenster auf und sprang leichtfüßig hinaus, ohne dass ihn noch jemand festhalten konnte.

„So ein Mist, wir hätten unten jemanden postieren sollen, der war einfach zu schnell." Fabian lief aufgebracht durch das Zimmer.

„Das war ein dummer Fehler in der Planung, das hätte mir nicht passieren dürfen!"

„Reg dich ab. Das ist kein Problem mehr", grinste Oliver, der sich aus dem Fenster lehnte. Gerade als der junge Mann gesprungen war, wendete Andreas das Auto auf der Rückseite des Hotels.

Als er den Flüchtenden sah, öffnete er fast automatisch die hintere rechte Tür und fuhr dicht heran. „Schnell", drängte er und der Zwilling sprang ohne lange zu überlegen in das Auto. Sofort verschloss Andreas die Türen und ließ die Trennscheibe nach oben gleiten. Dann fuhr er, ohne sich um die wütende Reaktion seines Fahrgastes zu kümmern zur Vorderseite des Hotels und präsentierte ihn dort seinen Kollegen, die ihn rechts und links packten und wieder hineinbrachten.

Während alle Gäste in der Halle erstaunt auf die drei achteten, wäre niemandem aufgefallen, dass sich der Chef der Rezeption ganz plötzlich vorsichtig entfernte und in Richtung der Umkleideräume eilen wollte. Um dorthin zu kommen, musste er aber an Lea vorbei, die ihn die ganze Zeit im Auge behalten hatte und jetzt ihre Chance nutzte. Als der Mann um die Ecke rannte, hielt sie den stabilen Gehstock blitzschnell in den eisernen Schirmständer gegenüber und klemmte ihn fest. Interessiert beobachtete sie dann, wie der Mann, der das Hindernis gar nicht wahrgenommen hatte, zunächst durch die Luft segelte und dann platt am Boden liegenblieb. Es geht also auch ohne Hüftwürfe, dachte sie zufrieden, obwohl sie die immer noch von ihrer Tochter erlernen wollte.

„Sie haben jetzt zwei Möglichkeiten", betonte sie in Richtung des Rückens des Mannes, der sich nicht bewegte. „Entweder Sie stehen freiwillig auf und finden sich in der Suite ein oder ich benutze meinen Dolch."

Ohne sich auch nur umzudrehen, stand er sofort auf und ging in die gewiesene Richtung. Auch gut, dachte Lea, das kleine Messer wäre sowieso nicht so wirksam gewesen wie der Stock.

In der Suite war es trotz der erfolgten Festnahme ungewöhnlich ruhig. Alles starrte Max Knopf an, der beharrlich schwieg, während Susanne Brenner schnell eine Vertretung organisierte, um Moritz abzulösen, der bereits so blass aussah, dass sie einen Kollaps befürchtete. Im Gegensatz zu Max war der Chef der Rezeption dann doch sehr gesprächig, vor allem um seinen Kopf zu retten.

„Ja, ich habe gemeinsame Sache mit ihm gemacht. Der Junge brauchte Geld und sein Bruder hat sich geweigert, ihm zu helfen. Außerdem kann man ja wegen solcher kleinen, wertlosen Gegenstände überhaupt nicht bestraft werden, schließlich nehmen ja auch die Hotelgäste ständig irgendetwas mit, ohne dafür belangt zu werden."

Mit selbstgerechtem Gesichtsausdruck sah er sich fast stolz um, bis Fabian fragte: „Dass Sie von Persönlichkeitsrechten wenig halten, war mir klar. Aber zählen Sie zu den kleinen, wertlosen Gegenständen auch Bargeld? Denn dafür wird man garantiert bestraft, auch für Beihilfe. Wo ist das schwarze Kästchen?"

„Das ist bei mir", antwortete Moritz, der mit Susanne gerade den Raum betrat. „Sie haben es bei mir deponiert, um mir die Schuld zuschieben zu können. Solange ich den Beweis hätte, müsste ich zu meiner eigenen Sicherheit den Mund halten, hat mein sogenannter Bruder gesagt."

Der Zwilling sah ihn nur hasserfüllt an, schwieg aber weiter.

„Dann stellen wir das Beweisstück erstmal sicher." Fabian gab Oliver einen Wink, der gleich mit Moritz den Raum verließ. Beide kamen schon nach kurzer Zeit zurück, da der Azubi direkt in einem Nebengebäude wohnte. Mit einem erleichterten Aufatmen nahm Susanne Brenner das schwarze Kästchen an sich, prüfte den Inhalt und ging auf direktem Weg in ihr Büro, um es sicher zu verwahren. Dann rief sie die Besitzerin an, die in Jubelschreie ausbrach und ewige Dankbarkeit schwor.

Damit wäre die Angelegenheit eigentlich erledigt gewesen, aber Susanne und Fabian hatten vorausschauend eine Strategie entwickelt, mit der die Gerechtigkeit wieder hergestellt wurde, der spezielle Fall und das Hotel, aber nicht in die polizeilichen Ermittlungen oder die Presseschlagzeilen geraten konnten.

Da Charlie inzwischen auch mitgeteilt hatte, in welchem Hotel der Zwilling Max arbeitete, versuchte Susanne gleich dessen Leitung zu erreichen. Sie sprach mit einer sehr netten Direktorin, die bei dem Namen Max Knopf sofort Bescheid wusste.

„Es erleichtert mich ungemein, dass Sie anrufen, weil in meinem Vorzimmer zwei Polizisten sitzen, die Max Knopf festnehmen wollen. Wir haben hier bereits eine Suche veranlasst, denn eigentlich hat er Dienst und hätte hier vor Ort sein sollen."

„Wir könnten dieses Problem sehr schnell lösen, wenn mein Sicherheitschef diesen Max Knopf direkt zu Ihnen bringt. Hier kam er noch nicht dazu zu stehlen oder besser gesagt, wir haben es verhindert." Susanne Brenners Angebot wurde gerne angenommen und damit ging dieser aufregende Einsatz des Krimiclubs höchst erfolgreich zu Ende oder noch nicht ganz.

Nachdem Max im Gewahrsam des Sicherheitschefs, Moritz rehabilitiert und der Chef der Rezeption gefeuert war, fuhren Lea, Fabian, Oliver und Andreas mit der Nobelkarosse zurück, in die Andreas in der Zwischenzeit einige Flaschen Sekt hatte einlagern lassen, um den Sieg gebührend zu feiern.

Jutta und Anja erwarteten sie noch als Queen of Pop und Assistentin, aber bei dem schon telefonisch übermittelten Ergebnis bereits in Feierlaune. Und irgendwann sang Jutta doch noch *Like a virgin,* aber das fällt unter das Siegel der Verschwiegenheit.

Die Schleifenbrosche der Großherzogin

„Das ist wirklich paradiesisch!" Jutta Keller genoss den Anblick ihres Gartens mit einem Dauerlächeln. So langsam gehen mir die passenden Beschreibungen aus, dachte sie etwas ironisch, als sie an einem wunderschönen Julimorgen von der Veranda in ihren Garten ging.

Eigentlich brauche ich ein völlig neues Vokabular, um erfassen zu können, wie wunderbar dieses Stückchen Erde ist.

Die Stadt stöhnte schon seit Wochen unter einer besonders starken Hitzewelle. Jeder, der die Möglichkeit hatte, fuhr ins Umland an einen der vielen Seen, um sich abzukühlen. Jutta brauchte das nicht, ihr genügte ihr Garten. Wenn sie morgens aus dem Haus trat glitzerten noch die Wassertropfen auf den Blüten und Blättern.

Das war wirklich eine gute Idee von Andreas, dachte sie immer noch lächelnd, ihr wäre so etwas garantiert nicht eingefallen, einfach zu technisch.

Ihr Mitbewohner hatte zwar einige Zeit gebraucht und lange verbissen gebastelt, aber jetzt schalteten sich die Regner ganz früh am Morgen automatisch ein und bewässerten alles, während sie noch schliefen. Natürlich war diese Anlage direkt an den Brunnen angeschlossen, den sie schon im Frühling hatte bohren lassen, weil ihr Dennis Braun, der verantwortliche Architekt und Bauleiter so etwas dringend empfohlen hatte.

Auf meine alten Tage entdecke ich mein Herz für den Umweltschutz, dachte sie wieder ironisch, während sie die Wassertropfen
unter ihren nackten Füßen genoss.

Denn neben dem Tiefbrunnen gab es auf der anderen Seite des
Gartens noch ein System, in dem sie Regenwasser sammelten und
statt eines Komposthaufens eine Vorrichtung, mit der sie Abfälle
verwerteten und daraus geruchlos Dünger herstellten. Früher wusste sie zwar theoretisch, dass Umweltschutz wichtig war, aber jetzt
machte ihr die Umsetzung auch noch Freude.

Und das war das Wichtigste in ihrem Garten, der mit den Menschen die hier lebten, erst richtig aufgeblüht war. Jutta hatte nie
einen eigenen Garten gehabt, genoss es aber jetzt sehr, in der Erde
zu wühlen, Blumen zu pflanzen und vor allem zu ernten. Gestern
hatten sie und Anja die letzten Johannisbeeren gepflückt, also würden sie heute von den roten einen Beerenkuchen backen, während
Andreas aus den schwarzen Beeren irgendeinen Likör zaubern
wollte.

Wieder etwas Neues, was sie noch nie gemacht hatten! Ihr Leben
im Ruhestand hatte wirklich einen schönen Rhythmus bekommen.
Sie kümmerten sich um den Garten, nahmen sich viel Zeit zum
Lesen oder besuchten interessante Konzerte im alten Bahnhof.
Auch im Haus probierten sie viele Dinge aus, für die sie früher im
Berufsleben nur wenig oder nie Zeit hatten, wie selbst Brot zu ba-
cken, Obst einzukochen oder Feste auch ohne Anlass zu feiern.

Sie und Anja begeisterten sich häufig gemeinsam für nützliche und schöne Projekte. Erst letzte Woche hatten sie im Keller bei den Hinterlassenschaften der früheren Hausbesitzer einen runden Tisch entdeckt, den sie in stiller Übereinstimmung weiß lackierten und mit den leichten Rohrstühlen von der Veranda neben die große alte Linde stellten, unter der es immer schattig war und außerdem immer angenehm duftete.

Jutta übertraf sich selbst, als sie sogar noch eine Decke mit Obstmotiven und passenden Kissen nähte. Gerade bei der andauernden Hitze war das jetzt ihr absoluter Lieblingsplatz geworden, zum Kaffeetrinken, zum Lesen oder einfach zum Klönen.

Als sie damals im Winter das erste Mal über eine WG nachgedacht hatte, waren ihr solch einfache Dinge überhaupt nicht eingefallen, aber gerade sie machten ihr Leben erst richtig schön. Genau genommen war jeder WG-Tag besonders oder anregend, aber der Sonntag war der Höhepunkt, denn da traf sich der Sonntags-Krimiclub. Meist sprachen sie über ihre Lieblingsbücher oder bevorzugte Detektive, manchmal diskutierten sie auch Berichte von echten Verbrechen und besonders gerne suchten sie auch selbst nach der Lösung eines komplizierten Falles.

Aber morgen würde es kaum Gäste geben, weil Emilia Richter immer noch auf Lesereise weilte und die Kids der Sommerfamilie, die sonst eine große Bereicherung der Runde waren, ihre Ferien an der Ostsee verbrachten.

Nach dem gemeinsamen Frühstück, als sie es sich gerade mit ihrem neuen Krimi im Lesesessel gemütlich gemacht hatte, klingelte das Festnetztelefon, an dem sie immer noch festhielt. Neugierig nahm sie ab. Das war bestimmt wieder nur so ein Werbeanruf, bei dem ihr irgendetwas verkauft werden sollte, was sie garantiert nicht brauchte, wie eine Penisverlängerung oder eine ominöse neue Währung.

Aber zunächst war gar nichts zu hören. „Hallo", rief sie verwundert und wollte gerade erbost den Hörer auflegen, als eine leise Stimme fragte: „Sprichst du noch mit mir? Hier ist Anette."

„Das weiß ich nicht", antwortete Jutta überrascht vom Anruf ihrer früheren Freundin und sehr vorsichtig. „Immerhin hast du mich eine neidische Kuh genannt und mir die Freundschaft gekündigt."

„Das tut mir sehr leid und vieles andere auch. Ich hätte wirklich auf dich hören sollen, aber mir schien damals all das wichtig zu sein, was ich gerne hören wollte. Heute weiß ich, du hattest mit jedem Wort recht, denn das was ich mir ausgemalt hatte, meine letzte Chance auf wilde, echte Gefühle, auf die wahre Liebe, bevor ich mir eine Katze zulege, war nur in meinem Kopf, nicht in seinem."

„Ihr habt euch getrennt?"

„So kann man es auch nennen." Anette lachte ironisch. „Er hat mich ohne einen Cent in einem teuren Hotel in Südfrankreich zurückgelassen, nachdem er vorher meine Konten geräumt und noch einiges mehr hat mitgehen lassen. Aber das würde ich euch genauer erklären, ich habe nämlich ein Anliegen oder besser gesagt, ich brauche Hilfe."

„Brauchst du Geld?"

„Nein, danke, darum geht es nicht. Ich habe gestern bei „Mutter Schulze" gegessen und dabei Sandra Fischer getroffen. Sie hat mir von eurem Krimiclub erzählt, genau so etwas brauche ich für mein Problem. Natürlich nur, wenn du überhaupt noch etwas mit mir zu tun haben möchtest. Ich habe mich wirklich mies verhalten und es tut mir außerordentlich leid."

Jutta hörte an der etwas zittrig klingenden Stimme, dass es Anette wirklich nahe ging. Auch sie spürte einen sonderbaren Kloß im Hals und hätte am liebsten mitgeweint. Immerhin waren sie mehr als dreißig Jahre die besten Freundinnen gewesen, das konnte doch ein Mann nicht vollkommen zerstört haben!

 Sie holte tief Luft, bevor sie vorschlug: „Am besten kommst du morgen nachmittags bei uns vorbei, da trifft sich der Club. Obwohl wir jetzt in der Urlaubszeit etwas weniger Teilnehmer sind, hören wir uns dein Problem an und sehen dann, ob wir helfen können."

„Danke, ich werde da sein." Anette legte mit zitternden Händen ihr Telefon zur Seite. Das war der erste Schritt in ihrem großen Racheplan, mit dem sie Jannik am Boden zerschmettern wollte.

Natürlich wäre das alles nicht passiert, wenn sie sich nicht so blind in ihre Gefühle gesteigert hätte, wenn sie es ihm nicht so leicht gemacht hätte, sie über den Tisch zu ziehen, das wusste sie sehr genau. Und sie würde alles tun, um diese Dummheit zu korrigieren und dann vergessen zu können. Notfalls würde sie dafür auch ihr Gehirn von innen mit einer Wurzelbürste schrubben. Aber sie würde erst wieder völlig zur Ruhe kommen, wenn sie den Mann mit dem Gesicht eines Engels und dem Herzen eines Teufels am Boden sehen würde. Und dafür würde sie alles tun, wirklich alles!

Am nächsten Tag saßen neben den WG-Mitgliedern auch die Stammgäste Lea Sommer, die Küchenchefin vom Event-Hotel, Fabian Köster, der Privatdetektiv und Oliver Maurer, ein ehemaliger Polizist, schon ganz gespannt auf ihren Plätzen in dem großen Raum im Erdgeschoss, der angenehm kühl war.

Als es klingelte ging Jutta mit noch immer ziemlich gemischten Gefühlen zur Tür und erstarrte fast, als sie öffnete.

„Oh, du siehst anders aus!"

Das war alles, was ihr im Moment der Überraschung einfiel, denn vor ihr stand eine völlig andere Anette. Die früher langen, lockigen, roten Haare waren verschwunden, genau wie die ewig bejammerten zehn Kilos zu viel auf den Hüften. Die Frau vor ihr war schlanker als sie selbst und sah mit einer pfiffigen Kurzhaarfrisur und silbergrauen Haaren erstaunlich gut aus. Ihre blauen Augen leuchteten mindestens genauso, wie die weißen Streublümchen auf ihrem blassblauen Kleid.

„Das steht dir echt gut."

„Danke, jetzt fühle ich mich schon etwas besser."

„Dann lass uns hineingehen und deine Geschichte hören."

Obwohl sich Anette genau das vorgenommen hatte, fiel es ihr enorm schwer, den richtigen Anfang zu finden, bis Lea eingriff.

„Ich kann mir vorstellen, dass das jetzt sehr schwer für Sie ist, vielleicht erzählen Sie uns einfach, wobei Sie unsere Hilfe brauchen. Und dann klären wir die Vorgeschichte gemeinsam."

Mit einem dankbaren Blick zu ihr, begann Anette mit leiser Stimme zu erklären. „Über das Klischee, ältere Frau hofft auf die große Liebe und wird von einem jüngeren Mann über den Tisch gezogen, bin ich längst weg. Ich weiß, ich habe es ihm viel zu leicht gemacht, so als wäre ich vom Idiotenbaum gefallen und hätte auf dem Weg nach unten noch jeden einzelnen Ast getroffen. Wer wahre Liebe erwartet, rechnet nicht mit so viel Bosheit und Gewinnsucht. Und wenn man vor Liebe blind ist, dann ist man auch geneigt, sich die Indizien schön zu reden, die einen schon rechtzeitig warnen. Das sage ich nur, damit Sie mein Anliegen verstehen. Ich habe verschmerzt, dass er meine Konten geräumt und mich ohne einen Cent im Ausland zurückgelassen hat. Er wusste zwar, dass ich französisch spreche, hat aber sicher nicht erwartet, dass ich dort Kontakte habe, die mir den Zugang zu meinem anderen Konto ermöglichten."

„Von welchem anderen Konto redest du? Ich dachte, er hat deine Konten geräumt." Jutta hatte die Augenbrauen zusammengezogen und sah von ihren Notizen auf.

Anette lächelte leicht und schaute verlegen nach unten. „Das stimmt schon, er hat mein Girokonto und mein Extrakonto leergefegt. Aber du kennst doch meine Vergesslichkeit und weißt, dass ich in dieser Zeit einiges habe schleifen lassen. Die große Erbschaft von Onkel Rudolf war noch auf einem Transfer-Konto des Notars, weil ich vergessen hatte, es zu überweisen. Das hat sich in dieser Situation als echter Glücksfall erwiesen, weil ich damit nicht verpflichtet war, zwei Wochen im Hotel zu putzen oder sonst etwas zu tun, sondern gleich zurückfliegen und nach diesem Mistkerl suchen konnte. Schließlich hat er etwas Besonderes mitgenommen, was mir wichtig ist und das will ich zurück."

„Und das Geld wollen Sie einfach verschmerzen? Ist das nicht so etwas wie moderner Heiratsschwindel, den man anzeigen kann?" Lea klang ziemlich erbost und sah Fabian an, der nur die Schultern hob, während Anette den Kopf schüttelte.

„Das trifft in dem Fall wahrscheinlich nicht zu", Anettes Stimme wurde immer leiser. „Ich habe die Abbuchungen und Umbuchungen des Geldes ja selbst veranlasst, auch wenn ich davon nichts wusste. Früher trug ich immer eine Brille, aber bei Jannik wollte ich wahrscheinlich mit Kontaktlinsen mehr Eindruck machen und jünger aussehen. An einem Tag waren die Linsen plötzlich unauffindbar, dennoch hat mich Jannik gedrängt, ein paar kleine Rechnungen zur Zahlung anzuweisen, was ich natürlich getan habe.

Er hat mir noch ganz fürsorglich gezeigt, wo ich unterschreiben muss, was ich halbblind auch gemacht habe. Am nächsten Morgen war er weg und blieb verschwunden, genauso wie mein Geld.

Aber darum geht es mir nicht in erster Linie. Jannik hat einen Adels-Tick, er beschäftigt sich dauernd mit der Geschichte der deutschen Adelsfamilien und sammelt alles über uneheliche Kinder in diesen Kreisen. Vielleicht hat er gehofft, auch eines davon zu sein und irgendwann doch noch in den Hochadel einziehen zu können. Und nur weil er so daran interessiert war, habe ich ihm meine Brosche gezeigt. Du weißt, welche ich meine?"

Jutta nickte und grinste nur. Dieses hässliche Ding hätte sie freiwillig nie getragen. Anette legte für die anderen ein Foto der Brosche auf den Tisch und erklärte dazu.

„Das ist eine sogenannte Schleifenbrosche, die sehr selten ist. Man kann deutlich sehen, dass die doppelten Schleifen, die mit Diamanten besetzt sind, in der Mitte in einen Rubin übergehen, der ebenfalls mit Diamanten gefasst ist. Die Brosche hat früher Marie Luise von Hannover-Cumberland gehört, der späteren Großherzogin von Baden. Ich habe sie von meiner Großmutter bekommen, die irgendwann mit dieser Prinzessin befreundet war.

In unserer Familie wurde das Schmuckstück immer als etwas ganz Besonderes gehütet, obwohl keiner von uns den wirklichen Wert kennt. Wahrscheinlich ist er tatsächlich ziemlich hoch, denn mein Cousin Eberhardt hat einmal ein Duplikat anfertigen lassen, um das

Original verkaufen zu können, weil er wieder mal Schulden hatte. Er wurde aber erwischt und von allen geächtet, weil es ja um ein Familienerbe ging, das für uns einen besonderen emotionalen Wert hat. Jannik hat mir diese Brosche einfach gestohlen und ich will sie wiederhaben. Es geht mir nicht vordergründig um den materiellen Wert, aber sie erinnert mich an meine Großmutter und ich habe ein schlechtes Gewissen, weil ich nicht besser darauf aufgepasst habe. Ich hatte ihm einen Schlüssel für meine Wohnung gegeben und während ich mich noch in Frankreich frei kämpfen musste, hat er alles, was ihm dort gefiel einfach mitgenommen. Schon deshalb bin ich ihm gefolgt und weiß jetzt auch genau, wo er hier in der Stadt wohnt."

„Und bist du etwa zu ihm gegangen?" Jutta konnte nicht fassen, was sie hörte.

„Nein, natürlich nicht. Meine erste Idee war, bei ihm einzubrechen und meine Brosche zurückzuholen, nur ist das schwieriger als ich dachte. Aber es muss einen Weg geben, sie wiederzubekommen. Schließlich ist es mein Eigentum, ich habe sogar eine Besitzurkunde und sie ist auch extra versichert."

Sie sah sich noch einmal in der Runde um und schloss dann mit einem flehentlichen Appell. „Bitte sagen Sie mir, dass Sie auch eine Chance sehen, die Brosche zurückzuholen."

Einen Moment lang war es ruhig, bis Fabian ganz entschieden den Kopf schüttelte. „Falls Sie erwartet haben, dass wir diesen Dieb-

stahl für Sie organisieren, dann können Sie das vergessen. Wir
drei", er zeigte dabei auch auf Andreas und Oliver, „waren früher
Polizisten und wir fühlen uns auch heute noch zuallererst dem
Recht verpflichtet, auch wenn das in ihrem Fall nicht so ganz einfach ist."

„Du willst damit sagen, das Gesetz schützt diesen Dieb?"
Lea klang ziemlich angriffslustig. „Das ist absolut ungerecht und
deshalb sehe ich das Ganze anders. Das ist so ein Fall, bei dem
viele sagen würden, selbst schuld. Die Frau hätte eben besser auf-
passen müssen. Aber nicht die Frau, die liebt, trägt die Schuld,
sondern der, der diese Liebe ziemlich gemein ausnutzt. Er hat sie
doch ganz offensichtlich und in jeder Hinsicht betrogen. Was hin-
dert uns denn daran, diesen Betrüger jetzt auch zu betrügen?"

„Und wie willst du das anstellen?" Fabians Gesichtsausdruck blieb
zweifelnd, aber Lea lächelte schon wieder listig, als sie sah, wie
interessiert die anderen in ihre Richtung schauten.

„Das hängt davon ab, ob es dieses Duplikat der Brosche noch
gibt und ob es verfügbar wäre?"

Als Anette überrascht nickte, setzte sie fort: „Ich könnte mir vorstellen, dass jemand ein Kaufangebot macht, die Ware gründlich
prüft und dann in einem günstigen Moment das Duplikat gegen das
Original austauscht." Zufrieden lächelnd lehnte sie sich zurück.

„Aber wer von uns hat denn solche geschickten Finger? Dazu muss
man schon Taschenspielertricks beherrschen", warf Andreas ein

und zuckte fast zusammen, als Anja, die bisher ruhig neben ihm gesessen hatte, begeistert aufsprang.

„Ich kann das machen!" Da sie nicht übersehen konnte, wie ungläubig sie einige anstarrten, ging sie zu den Einbauschränken neben dem Kamin und kam mit einem Kartenspiel zurück.

Vor den überraschten Blicken der anderen ließ sie die Karten mühelos durch die Finger gleiten, mischte sie abwechselnd so, dass immer die gleiche Karte oben blieb und ließ auf Wunsch die 4 Asse hintereinander erscheinen. „Reicht das aus? Ich habe doch erzählt, dass ich früher auf Volksfesten und Jahrmärkten gejobbt habe. Wenn wenig zu tun war, bin ich immer bei den Kartenspielern gewesen, um zuzusehen und zu lernen."

„Hey, das ist super!" Jutta war regelrecht fasziniert. „Erinnere mich bloß daran, nie mit dir zu pokern! Was denkst du, könnte das klappen?"

Anette wirkte noch etwas bedrückt. „Ich kann mir nicht vorstellen, dass er wirklich verkaufen würde, schon wegen des Adel-Ticks, den er pflegt."

„Da könnte man etwas nachhelfen". Fabian wirkte noch etwas zögerlich, begann sich aber auch für die Idee zu erwärmen.

„Ich könnte vorher zu ihm gehen, um in Ihrem Namen das Schmuckstück zurückzufordern. Ich würde darauf hinweisen, dass Sie eine Besitzurkunde und auch eine Versicherungspolice für die Brosche haben. Wenn wir seinen Charakter richtig einschätzen, wird er sich nach meinem Besuch bemühen, das Schmuckstück schnellstens zu verkaufen."

„Aber wird er denn einen Privatdetektiv überhaupt vorlassen? Wir haben doch keine rechtliche Handhabe", sorgte sich Jutta, doch Fabian grinste nur.

„Ich habe auch mal Jura studiert und bin immer noch ein zugelassener Anwalt, selbst wenn ich nicht praktiziere. Visitenkarten habe ich noch und wenn Lea meine Assistentin spielt, wird er ihrem Charme nicht widerstehen können."

Zufrieden lächelnd übersah er die erstaunten Mienen der anderen und begann weitere Aufgaben zu verteilen.

„Lea, wenn du ihn morgen kontaktierst, dränge auf einen schnellen Termin. Charlie ist nicht da, aber Anette hat sicher die Telefonnummer."

Lea grinste sehr zufrieden über ihre Aufgabe.

„Anja und Andreas richten sich darauf ein, sofort nach meinem Besuch Kaufinteresse zu signalisieren. Wenn Charlie morgen wieder da ist, kann er euch helfen, die Namen von solchen Sammlern zu finden, die tatsächlich an diesen Adelssachen interessiert sind. Ihr wisst schon, wie das gehandhabt wird, man habe gehört, dass…und so weiter. Jeder macht einen Anruf für einen Sammler, damit der Mann nicht misstrauisch wird und im Namen dessen, der den ersten Termin bekommt, macht ihr dann das Vorgespräch und prüft die Qualität. Anette und Jutta halten sich absolut fern, euch kennt er und würde vermutlich sofort misstrauisch. Ist damit alles klar? Dann legen wir los."

Am Montag, nachdem die Hotelgäste bereits gefrühstückt hatten, zog sich Lea in ihr kleines Büro zurück, um zu telefonieren. Sie probte noch kurz vor dem Spiegel, um den korrekten Kanzleiton zu treffen und dennoch unwiderstehlich zu wirken. Das klappte auf Anhieb. Jannik war von ihrem Anruf und ihrer Stimme so angetan, dass er sich sofort mit ihr verabreden wollte.

Lea verkniff sich ihr Kichern, freute sich aber diebisch über die gelungene Aktion und den schnellen Termin, den sie Fabian sofort mitteilte. „Wie fandest du meine Stimme? Ihn hat sie überzeugt, er wollte mit mir Kaffee trinken gehen."

„Bei deinem unwiderstehlichen Charme hätte ich das auch gemacht. Danke dir, ich bin gespannt auf morgen."

Dieses Gespräch verlief dann genauso, wie er es erwartet hatte.

Als er auf dem Rückweg in der WG vorbeischaute, war er immer noch erbost über die Arroganz des Mannes, während er Jutta davon erzählte:

„Er hat wirklich ein Engelsgesicht, wie du gesagt hast, aber er setzt das auch ganz bewusst ein. Es hat nur noch gefehlt, dass er gefragt hätte: *Können diese Augen lügen?* Er hat natürlich meine Anschuldigung empört von sich gewiesen, als ich die Herausgabe des Schmuckstücks im Auftrag meiner Mandantin gefordert habe.

„Ich kenne die Frau gar nicht näher, weil ich eigentlich nur für meine Kunst lebe, aber ich habe sie in Nizza getroffen. Sie hat sich mir ziemlich aufdringlich genähert, obwohl ich überhaupt nicht an ihr interessiert war. Vielleicht hätte ich ihr das taktvoller sagen sollen, denn sie scheint mir die Ablehnung sehr übel genommen zu haben. Und man weiß ja, dass abgewiesene Frauen die unglaublichsten Verdächtigungen erfinden. Was sollte ich mit einer alten hässlichen Schleifenbrosche?"

Jutta lachte. „Du hast seinen Tonfall perfekt getroffen, so habe ich ihn auch in Erinnerung. Ich mache mir nur Sorgen, dass er die Brosche vielleicht gar nicht hat, weil Anette schon früher eine Meisterin darin war, dauernd etwas zu verlegen."

Fabian grinste nur zufrieden. „Er hat sie, weil er ausdrücklich von einer Schleifenbrosche gesprochen hat, während ich nur ein Schmuckstück zurückgefordert habe."

„Das war cool." Andreas rollte neugierig näher. „Aber hast du ihn auch so nervös gemacht, dass unser Part beginnen kann?"

„Aber sowas von, ich schätze ihr müsst euch beeilen, damit ihr die ersten seid, mit denen er über den Verkauf spricht. Habt ihr die Namen der Sammler von Charlie?"

„Natürlich, die beiden wissen schon wieder viel zu viel. Rina hat mitbekommen, dass es einen neuen Fall gibt. Deswegen hat mich Charlie bereits am Sonntagabend angerufen und gefragt, ob ich etwas brauche. Gestern bekam ich dann zwei Namen von Sammlern, Jacob Spinelli und Jean Girasol, die Kids haben wirklich die besten ausgesiebt. Wenn wir die beiden früher im Polizeidienst gehabt hätten, wäre das Verbrechen inzwischen bestimmt schon ausgerottet."

„Das könnte stimmen und jetzt kommt es auf euch an. Zeigt was ihr drauf habt!" Zufrieden verließ Fabian die WG.

Anja war beim Telefonieren schneller als Andreas, vielleicht war auch ihre Stimme eher etwas, das Jannik hören wollte, denn sie bekam schon einen Termin für den nächsten Vormittag.

Andreas bastelte in der Zwischenzeit beeindruckende Visitenkarten und begleitete als Vermögensverwalter der Familie Spinelli, die Schmuckexpertin am nächsten Tag bei ihrem Vorgespräch und der Qualitätsprüfung.

Und Anja gab die Expertin wirklich toll, wie Andreas staunend feststellte. Sie bewegte ihre Finger selbst in den weißen Handschuhen so mühelos und sicher, während sie die Brosche von allen Seiten betrachtete, dass ihm beim Zusehen fast schwindlig wurde. Sogar eine Diamanten-Lupe mit UV-Licht zauberte sie aus ihrer Tasche und schien damit auch sachkundig umgehen zu können.

„Das ist eine sehr zufriedenstellende Arbeit aus dem 19. Jahrhundert, der Rubin hat leider nicht die gleiche Qualität, wie die Diamanten, aber ich denke, dass ich für Herrn Spinelli eine Kaufempfehlung aussprechen kann."

Jannik nickte nur, obwohl ihm die Frage nach der Höhe des Preises fast im Gesicht stand.

Aber Anja erhob sich nur und tippte Andreas auf die Schulter.

„Herr Spinelli wird Ihnen das Angebot so schnell wie möglich zugehen lassen. Haben Sie vielen Dank dafür, dass wir das Schmuckstück prüfen durften."

Dann ging Anja völlig gelassen zur Tür und Andreas folgte ihr brav, obwohl er das Gefühl hatte, irgendwo außen vor gelassen worden zu sein. Anja sagte zwar nichts, aber sie schien ihm doch etwas geknickt zu sein. Eine Situation, mit der Andreas nur sehr schwer umgehen konnte, denn er war noch nie ein begnadeter Frauentröster gewesen. Erst als sie im Auto saßen und auf dem Rückweg waren, wagte er etwas zu sagen. „Nimm es dir doch nicht so sehr zu Herzen. Wahrscheinlich war es einfach zu schwierig, wir hätten das nicht von dir verlangen dürfen."

Da grinste sie ihn fröhlich an. „Du glaubst ich hätte es nicht geschafft? Dann sieh mal her!"

Triumphierend hielt sie ihm die echte Schleifenbrosche hin, die sie bereits in das mitgebrachte Kästchen gepackt hatte. „Ich habe sie nur einmal in die Hand genommen und dann sofort ausgetauscht. Das, was ich mit der Diamantenlupe geprüft habe, war das Duplikat, das wirklich eine gute Qualität hat. Eigentlich hätten wir nach fünf Minuten schon gehen können, aber ein bisschen Show musste sein."

Andreas schüttelte nur den Kopf, er hatte Anja einiges zugetraut, nachdem er ihre Kartenkunststücke gesehen hatte, aber diese Geschicklichkeit, die war einfach fantastisch. Und da es für eine gute Sache war, ließ er auch keine weiteren Gedanken darüber zu.

Anette und Jutta, die schon auf ihre Rückkehr warteten, brachen in Begeisterungsschreie aus, als Andreas erzählte, wie Anja die Brosche regelrecht weggezaubert hatte.

Im Garten war schon der Tisch vorbereitet, auf dem Jutta und Anette allerhand Leckereien zusammengestellt hatten, um den Anlass zu feiern. Fabian, dem telefonisch Bericht erstattet wurde, kam mit einer Flasche Sekt vorbei, um auf den schnellen Sieg gebührend anzustoßen.

Anette bedankte sich überschwänglich bei allen, betonte aber immer wieder, das sei nur der erste Schritt ihres Racheplanes.

„Wenn ich das richtig verstehe, hast du noch etwas geplant?"

Jutta betrachtete ihre Freundin zweifelnd. „Das machst du aber allein oder brauchst du dabei auch Hilfe?"

Anette lächelte nur. „Hilfe nicht, nur eine Auskunft von den Experten, die heute bei ihm waren. Hatte der Wohnraum einen Kamin? Und stand dort ein mittelgroßer Kasten aus schwarzem Speckstein mit einem auffälligen goldenen Verschluss?"

Anja nickte sofort. „Ja, den habe ich gesehen, eine sehr schöne Arbeit."

„Gut, dann kann ich ihn jetzt anonym anzeigen." Anette grinste voller Vorfreude. „In dem Kästchen befinden sich nämlich Geldscheine, Blüten, die mein Cousin Eberhardt auch produziert hat. Hauptsächlich 500 Euro-Scheine, aber auch eine Menge 50-er. Seine Mutter hatte sie bei ihm gefunden und mich gebeten, sie zu entsorgen, aber ich kam nicht mehr dazu. Wenn die Polizei die Wohnung durchsucht und das Falschgeld findet, ist er geliefert"

„Nicht unbedingt", dämpfte Fabian ihre Vorfreude. „Der reine Besitz von Falschgeld ist nicht direkt strafbar, erst wenn die Absicht nachgewiesen werden kann, dass man es in den Geldverkehr bringen will. Und das dürfte schwierig werden."

„Echt?" Anette schien so enttäuscht, dass sie sich aus den folgenden Gesprächen heraushielt und etwas verloren an der Seite saß. Als Fabian gegangen war und Anja und Andreas sich zu einem Karten-Experiment in das Wohnzimmer zurückzogen, scheuchte Jutta ihre Freundin aus dem Sessel hoch.

„Jetzt lass dich nicht so hängen, ich habe einen besseren Vorschlag! Wir beide gehen jetzt zu meiner Lieblingsbuchhandlung, die die absolut besten Krimis hat. Vielleicht finden wir in einem der Bücher eine tolle Idee, wie du diesem Gauner doch noch eine verpassen kannst."

Anette ließ sich überzeugen und war, genau wie Jutta bei ihrem ersten Besuch, fasziniert von der „Weiberwirtschaft", dem kleinen italienisch anmutenden Marktplatz mit vielen attraktiven Geschäften und dem Mühlenradbrunnen.

Sie hatten kaum „Majas Leseecke" betreten, als die schon freudestrahlend auf sie zu kam.

„Frau Keller, wie schön, dass Sie wieder einmal vorbeikommen,
ich hoffe sehr, dass in Ihrer WG alles in Ordnung ist. Und Sie haben auch schon ein neues Mitglied mitgebracht." Sie schloss kurz
die Augen und öffnete sie dann wieder freudestrahlend. „Das haben
Sie gut gemacht, das passt hervorragend."

Jutta lachte, während Anette sie ratlos ansah und ihrer betretenen
Miene nach lieber woanders gewesen wäre.

„Vielen Dank Maja, wir schauen uns mal bei den Krimis um."
Dann zog sie Anette in die blaugraue Ecke und erklärte ihr den
sogenannten Maja-TÜV.

„Wenn sie meint, dass ich gut zu euch passe, dann hat sie mir aus
dem Herzen gesprochen. Das würde ich wirklich gerne", erklärte
Anette ziemlich zaghaft, während Jutta nur zufrieden grinste.

„Platz hätten wir, noch ist ein Appartement frei, aber ich muss auch
die anderen fragen. Meine Zustimmung hast du auf jeden Fall.
Aber jetzt lass uns mal schauen."

Während sie noch eifrig das Angebot prüften, sah Jutta plötzlich
Rina und Charlie aus der Kinderbuch-Ecke kommen.

„Hey ihr beiden, seid ihr auf der Suche nach neuen Krimis von
eurer Lieblingsdetektivin Flavia?"

„Nein, Tante Jutta", erklärte Charlie gewichtig. „Wir kaufen von
der letzten Belohnung, Bücher für unsere Schwester Nana."

„Man kann nie früh genug mit dem Lesen beginnen", bestätigte auch Rina. „Obwohl es für diese Altersgruppe noch gar keine Krimis gibt. Das muss man ändern."

Nachdem beide Juttas Begleitung neugierig betrachtet hatten, stellte sie ihnen Anette, als mögliches neues Mitglied ihrer WG vor.

Rina reichte ihr artig die Hand und sagte nach einem Moment.

„Jetzt weiß ich wer Sie sind. Sie sind eine von den Frauen, die der Mann, der so hübsch ist wie meine Puppe, ganz böse betrogen hat."

Beide Frauen starrten sie überrascht an. „Eine, eine von den Frauen?" stotterte Jutta. „Du meinst es gibt mehrere?"

Rina schien einen Moment zu überlegen, sagte dann aber sehr sicher. „Ja, es sind noch drei andere Frauen, die leben auch noch, eine wollte sterben. Charlie kann sie finden."

Nach einem raschen Blick auf Anettes blasses Gesicht drückte Jutta sie auf einen der Hocker, die zwischen den Regalen standen und wandte sich wieder den Kids zu.

„Charlie, wenn du diese anderen Frauen findest, dann wärst du für mich wirklich der Größte."

Dem schien das ein wenig peinlich zu sein, denn er starrte verlegen nach unten, sah sie dann aber treuherzig an „Das kann ich machen, wenn es dich nicht stört, dass ich überall suche, wo ich auch hinkomme?"

Jutta wusste nicht genau, was das bedeutete, sah aber den hoffnungsvollen Blick des Jungen und nickte.

„Ich übernehme die Verantwortung", bestätigte auch Anette, die von Hocker hochschoss und sich offensichtlich wieder gefasst hatte.

„Dann braucht Charlie aber noch den Nachnamen des Mannes", erinnerte Rina. Jutta sah fragend zu Anette, die peinlich berührt die Hände vors Gesicht schlug. „Den weiß ich nicht."

„Wie bitte?" Jutta hätte fast Feuer gespuckt, erinnerte sich aber noch rechtzeitig an die Gegenwart der Kinder. „Du gibst einem Mann deinen Wohnungsschlüssel, reist mit ihm ins Ausland und weißt nicht, wie er mit Nachnamen heißt?"

„Das war doch auch nicht nötig, er hat überall nur seinen Vornamen benutzt, weil es auch sein Künstlername ist. Und die Buchungen hat er auch gemacht."

Jetzt ließ sie sich doch wieder auf den Hocker sinken, da der Moment der Hoffnung schon wieder vorüber schien. Jutta und die Kids versuchten sofort zu helfen. „Hat er vielleicht irgendetwas von seiner Familie erwähnt?"

„Tut mir leid, Jutta, jetzt komme ich mir noch dümmer vor. Aber ich erinnere mich nicht."

„War denn der Vorname überhaupt echt?" Charlie sah sie neugierig an. Anette zuckte mit den Schultern, bis sie plötzlich wieder hektisch aufsprang. „Ja, der schien echt zu sein und es war ihm wichtig, dass er gut zu seinem Nachnamen passte, sollte er doch geadelt werden. Er hat mir zwar den Namen nicht genannt, hat aber den

Schriftzug auf einem Blatt geübt, das ich im Papierkorb gesehen habe." Aufgeregt lief sie zwischen den Regalen auf und ab. „Es war der Name eines Malers, den ich kenne. Er hat sehr romantische Bilder gemalt hat, auch Märchen."

Jutta hob nur die Schultern. „Da fällt mir nur Ludwig Richter ein."

Anette schüttelte den Kopf. „Nein, der Maler war ja adlig, also ein von…"

„Moritz von Schwind", rief im gleichen Moment Charlie, der in Windeseile auf seinem Handy gesucht hatte.

„Das ist es", rief Anette. „Du bist wirklich der Größte. Also Jannik Schwind, reicht das aus?"

Als Charlie und Rina beide sehr überzeugt nickten, schien der Tag für Jutta und Anette wieder gerettet zu sein.

„Das sind wirklich sehr nette Kinder."Juttas Freundin schien sehr angetan von den Kids. „Aber stört es dich nicht, dass sie dich Tante nennen?"

Jutta lachte. „Mir gefällt es, solange sie mich nicht Oma nennen, bin ich zufrieden.

Nach einem ausgiebigen Bucheinkauf kehrten sie in das Fachwerk-haus zurück, das Anette jetzt bereits mit anderen Augen, als ihr neues Zuhause betrachtete. Auch die anderen WG-Mitglieder schienen keine Einwände gegen ihren Einzug zu haben, unterzogen sie aber bei der Zubereitung des Abendbrotes einem gründlichen Test bezüglich ihrer häuslichen Fertigkeiten.

Als sie den mit Bravour bestand, begann sie schon mit Jutta und Anja die zukünftige Einrichtung zu planen. Andreas schüttelte nur den Kopf, als sich die Frauen mit Farbpaletten, Stoffmustern und Grundrissen auf allen Tischen ausbreiteten, machte aber dann doch einige überzeugende Vorschläge.

Bis Sonntag hörten sie überhaupt nichts von den Kids und so langsam schien Anettes Optimismus wieder zu schwinden, wenn auch Jutta sie immer wieder zu trösteten versuchte und zur allgemeinen Freude schon begann, eine Liste der fiesesten Bestrafungen für Jannik zu entwerfen.

Das alles änderte sich schlagartig, als eine superstolze Lea vier Frauen zum Sonntags-Krimiclub mitbrachte.

Den staunenden WG-Mitgliedern stellte sie dann Kristin, Pia und Marie vor, die alle Betrugsopfer des schönen Janniks waren. Die vierte Frau war Petra, die Anwältin von Marie. Sie hoffte vor allem, die anderen Frauen auch zu einer Anzeige bewegen zu können. Lea sonnte sich in der Anerkennung der anderen, stellte dann aber auch klar: „Ich konnte diese Sache nicht einfach so stehen lassen, schließlich geht es hier auch um Frauen-Solidarität. Als Charlie die Namen hatte, habe ich mit allen telefoniert und hier sind sie. Pia ist sogar von außerhalb angereist, die anderen haben wir in unserer Stadt gefunden."

Was dann folgte, waren so intensive Gespräche der Frauen untereinander, dass sich Fabian, Andreas und Oliver mit den Kids in den Garten verzogen, natürlich mit den üblichen Cupcakes, die es immer am Sonntag gab.

Erst nachdem alle offenen Fragen geklärt waren und die Anwältin den Frauen mehrfach vor Augen geführt hatte, dass sie eindeutig betrogen wurden, begannen sie ihre Rolle in dem Geschehen anders zu werten.

„Betrug ist es, wenn eine Person so getäuscht wird, dass sie unter dem Einfluss des hervorgerufenen Irrtums freiwillig und bewusst, eine Vermögensverfügung vornimmt, die ihr schadet. So in etwa steht es im Gesetz", betonte Petra. „Aber er hat euch ja sogar doppelt betrogen. Er hat euch das Geld nicht unter einem Vorwand abgeschwatzt, wie das viele Heiratsschwindler machen, die angeblich die Welt retten und bei Frauen auf die Tränendrüse drücken. Es ist noch viel schlimmer. Er hat euch die Brillen oder Kontaktlinsen vorenthalten und hat euch blind unterschreiben lassen. Das bedeutet im Klartext, ihr habt die Vermögensverfügungen gar nicht bewusst treffen können, euch wurde auf kriminelle Weise etwas Falsches vorgegaukelt."

So langsam schien das auch bei den Frauen anzukommen, die sich bisher in erster Linie selbst die Schuld gaben und endlos schämten.

„Es tut so gut mit euch allen sprechen zu können", versicherte Pia eine mollige Brünette und Besitzerin von drei Mode-Boutiquen. „Jetzt habe ich nicht mehr das Gefühl, dass nur ich mich so verhalten habe, als wäre ich unter dem Trottelstern geboren. Er hat uns alle so böswillig hereingelegt, so dass keine von uns das rechtzeitig erkennen konnte. Ich wäre deswegen fast zu weit gegangen, ich wollte wirklich Schluss machen. Aber jetzt drehen wir den Spieß um, jetzt soll er erleben, wie es ist, alles zu verlieren. Ich bin jetzt bereit, ihn anzuzeigen."

Als Petra fragend in die Runde blickte, sah sie nur Zustimmung. „Dann sollten wir das auch gleich tun." Sie wandte sich an Fabian: „Herr Köster, Sie kennen die nächste Polizeiwache am besten. Wenn Sie uns begleiten würden, geht es dort sicher schneller." Offensichtlich erleichterte das die unangenehme Prozedur sehr, denn als die Frauen wesentlich gelöster zurückkamen, wurde es doch noch ein vergnüglicher Nachmittag, an dem sich die Kids und die anderen Männer gerne beteiligten.

Die Frauen tauschten ihre Kontaktdaten aus, lachten viel und konnten sich kaum trennen. Deshalb brachten sie auch Pia noch gemeinsam zu ihrem Hotel, das ganz in der Nähe lag. Plötzlich blieb Kristin, die mit Anette gerade die neuesten Modetrends diskutierte, wie erstarrt stehen und deutete auf die Hotel-Terrasse. „Das kann doch nicht wahr sein! Sehr ihr, wer dort mit dem nächsten Opfer mit Brille an dem Tisch ganz rechts sitzt?"

„Na, der kann sich auf was gefasst machen!" Anette wollte gerade vorwärtsstürmen, als sie von der Anwältin gestoppt wurde.

„Wenn Sie jetzt weitergehen, um ihm Ihre Meinung zu sagen, was ich sogar verstehen könnte, riskieren Sie den Erfolg unseres Verfahrens. Vermutlich würde er sofort untertauchen, Sie sehen Ihr Geld nie wieder und er macht bei anderen Frauen munter weiter. Sie haben Ihre Anzeige gemacht und sollten jetzt den Rechtsweg abwarten, auch wenn es schwerfällt. "

Es dauerte einen Moment, bis das vernünftige Argument bei Anette ankam, die vor Wut zitterte. „Sie haben ja Recht", räumte sie dann mit einiger Anstrengung ein, „aber man müsste doch wenigstens das nächste Opfer warnen."

„Das kann ich machen", stimmte die Anwältin zu. „Aber Sie bleiben bitte hier."

Lea, die das Hochkochen der Gefühle bei den Frauen gut nachempfinden konnte, beriet sich kurz mit Jutta und lenkte dann die Frauen gekonnt ab. „Wir machen jetzt etwas, das die weisen Frauen schon früher gemacht haben. Ihr könnt es ihm nicht direkt sagen, was ihr von ihm haltet, was garantiert mehr Spaß machen würde, aber wir können gemeinsam den kleinen Mistkerl verwünschen."

Jutta, die sich mit Ritualen gut auskannte, setzte fort. „Fasst euch bei den Händen und stellt euch vor, ihr wärt ein Racheengel für euch und für alle Frauen. Sagt jetzt, was ihr ihm am liebsten direkt gesagt hättet, was ihr von ihm haltet und sprecht dann den Wunsch aus, womit ihr ihn bestrafen würdet, wenn ihr außergewöhnliche Macht hättet."

„Superidee", raunte ihr Anette zu und begann als erste.

„Für mich ist Jannik nicht mehr wert, als etwas Ekelhaftes, was man unter dem Schuh abkratzen muss. Ich wünsche ihm einen fürchterlich juckenden Hautausschlag am ganzen Körper, der erst besser wird, wenn er nicht mehr lügt."

Die anderen kicherten. „Das muss noch dicker kommen", jubelte Pia. „Für mich ist er schlimmer als etwas, das unter einem Stein hervorgekrochen ist. Ich wünsche ihm, dass er so oft beim Sex total versagt, wie er Frauen betrogen hat. Und da wäre es mir recht, wenn es nicht nur 4 mal, sondern 40 mal wäre."

Aus dem Kichern wurde schon verstecktes Lachen.

„Für mich hat Jannik eindeutig die emotionale Reife einer Stechmücke. Ich wünsche ihm", begann Marie ganz feierlich, „dass er sich heftig in eine Frau verliebt, die Haare auf den Zähnen hat, die ihm nicht nur das Herz bricht, sondern es auch noch herausreißt."

Jetzt begannen die Frauen befreit zu lachen.

„Für mich ist Jannik nicht das Geschenk Gottes an die Frauen, für das er sich immer gehalten hat", rief Kristin. „Er passt eher in die Kategorie unerwünschte Missgeschicke oder Fehler, so wie Oberlippenbehaarung, Übergewicht und Pickel. Ich wünsche ihm, dass er doppelt so viel Geld verliert, wie er uns genommen hat. Und dass er für alles was er zukünftig braucht, hart arbeiten muss, am besten im Gefängnis und das für lange Zeit."

Inzwischen hatte Petra, die Anwältin, bemerkt, dass Jannik verschwunden war und die Frau allein am Tisch saß. Sie schlängelte sich daher geschickt durch die Reihen, raunte der Frau eine Warnung zu und drückte ihr eine Visitenkarte in die Hand. Als sie zurück kam, standen die Frauen in völliger Übereinstimmung und strahlten sie an.

Anette zog die Anwältin wieder in die Runde. „Wir haben uns entschieden darauf zu verzichten, uns wie Furien auf den kleinen Mistkerl zu stürzen. Mir hat der Krimiclub bei meinen Problemen enorm geholfen und uns allen haben die Gespräche heute gutgetan. Also vertrauen wir auf Sie und darauf, dass das Recht auf unserer Seite ist."

Und Jutta ergänzte lächelnd. „Unser gesamter Sonntags-Krimiclub ist so stolz auf euch. Es ist auch in diesem Fall so, wie schon Miss Marple betonte, wir Frauen sind einfach das stärkere Geschlecht. Auch wenn jede von euch schwache Momente hatte, jetzt sorgt ihr dafür, dass dieser Gauner bestraft wird und andere Frauen vor ihm sicher sind."

- Ende -

Von der Autorin sind im BoD-Verlag bereits erschienen:

- Machen wir es wie Miss Marple -1
  Cosy-Crime-Geschichten

- Machen wir es wie Miss Marple -2
  Cosy-Crime-Geschichten

- Sophie und die Krimifrauen vom alten Bahnhof -1-
  Cosy-Crime-Geschichten

- Sophie und die Krimifrauen vom alten Bahnhof -2-
  Cosy-Crime-Geschichten

- Sophie und die Krimifrauen vom alten Bahnhof -3-
  Cosy-Crime-Geschichten

- Die Weiberwirtschaft
  Frauenpower im Mühlengrund

- Die Silver Girls
  Das Programm gegen Jugendschwund

- Das gibt es doch nicht!
  Unmögliche und fantastische Geschichten 1

- Das ist wirklich das Allerletzte!
  Unmögliche und fantastische Geschichten 2

- Jetzt ist aber Schluss!
  Unmögliche und fantastische Geschichten 3

- Alles auf Anfang!
  Unmögliche und fantastische Geschichten 4

- Der Club der kleinen Millionäre -1-
  Coole Kids und der clevere Umgang mit Geld

- Der Club der kleinen Millionäre -2-
  Von Pfunden, Freundschaft und Hunden

- Der Club der kleinen Millionäre -3-
  Coole Kids und eine rätselhafte Schatzkarte

- Immer wieder aufstehen!
  Kurzgeschichten zum Mut machen

- Klara und die Monster
  Mit Mutpunkten gegen die Angst

- Das Monster im Schrank
  Wenn Kinder Angst haben - Ratgeber